Write
It
All
Down

# 내가 글이 된다면

## 닫힌 글문을 여는 도구를 찾아서

캐시 렌첸브링크 지음

박은진 옮김

머스트
리드북

## 일러두기

1. 단행본은 『 』, 논문·기사·시·단편은 「 」, 신문·잡지는 《 》, 영화·드라마·노래·미술 등 예술 작품은〈 〉로 표기했습니다.
2. 국내에 출간된 저작물은 한국어판 제목을, 미출간된 저작물은 제목을 번역하여 적고 원제를 밝혔습니다.

잊어버렸다기보다 기억할 마음이 들지 않았다.

-마야 안젤루

끈기 있게 버텨라.

언젠간 이 고통이 도움이 될 날이 올 테니.

-오비디우스

# 프롤로그

작가들에게

만나서 반가워요. 당신이 누구이고 어떻게 여기에 왔든 진심으로 환영합니다. 삶을 종이 위에 옮기는 법에 대해 내가 아는 모든 것을 당신에게 알려줄 날을 손꼽아 기다렸어요. 직접 얼굴을 마주하고 있다면 당신에 대해 더 알아보고 나를 찾아온 이유를 물었을 테지요. 지면의 한계로 추측해볼 수밖에요.

늘 글쓰기에 목마름을 느끼나요? 그동안 적어둔 습작 노트가 서랍에 차고 넘치나요? 남모르는 글쓰기 충동이 꿈틀거리거나, 글로 옮기고 싶은 특정한 시간이나 사건이 있을 수도 있어요. 끔찍한 일을 겪은 당시 충격에서 옴짝달싹 못 하고 있는데, 마침 글쓰기가 도움이 된다는 말을 들었을지도 몰라요. 나중에 영화로 제작되어 수상의 영광을 누리는 베스트셀러 작가를 꿈꿀 수도, 자신의 어린 시절을 담은 책을 써서 손자들에게 남길 수도, 일상에서 소소하게 포착하는 흥미진진한 순간을 기록하고 싶을 수도 있어요.

소설, 희곡, 시, 논설문, 보고서 같은 글을 쓰는 데 익숙하니 이제 자기 이야기를 담은 회고록에도 도전해보리라 마음을 먹을 수도 있어요. 아니면 글을 쓰는 것이 삶에 도움이 되리라는 점을 본능적으로 느낄 수도 있겠지요. 자기 이야기를 들려주고픈 열망에 가득 찬 사람도 있고, '내가 과연 할 수 있을까?' 하는 의구심에 사로잡힌 사람도 있을 거예요.

당신이 글을 쓰려는 의도와 계기가 무엇이든 내가 팔을 걷어붙이고 도울게요. 글이 술술 잘 써질 거라는 장담은 못 해요. 자기 이야기를 글로 쓰는 것은 까다롭고 힘든 일입니다. 그러나 보람을 느끼고 자부심을 높이는 일이라고는 자신 있게 말할 수 있어요. 글쓰기를 정신적 등산이라 생각해보세요. 우리는 훈련과 준비 없이 무작정 에베레스트산을 등정할 수 있으리라 기대하지 않습니다. 그보다는 헌신적이고 열정적인 태도를 가져야 한다고 다짐하겠지요. 이런 접근법은 글쓰기를 생각하는 데 도움이 될 수 있습니다. 글쓰기는 아름다운 단어가 올바른 순서로 막힘없이 흘러나오는 타고난 재능이 아니라 몸에 익도록 부단히 연습해야 하는 기술입니다.

당신이 규칙적인 글쓰기로 즐거움과 위안을 얻으면 좋겠습니다. 여기서 그치지 않고 한 걸음 더 나아가 회고록 쓰기에도 도전해볼 것을 권합니다. 고군분투 끝에 자기 이야기를 글로 풀어냈을 때 느끼는 벅찬 감정은 이루 말로 표현할 수 없습니다. 초고를 마치고 나서 살면서 겪은 사건들이 하나의 이야기로 바뀐 원고를 읽어 내려가는 순간의 심정은 산 정상에 오른 기분과 비슷할 것입니다. 고된 일도 마다하지 않을 만큼 대담하고 헌신적인 사람이라면 누구나 가슴을 꽉 채우는 벅찬 성취감을 맛볼 수 있습니다.

그렇다고 글쓰기가 힘들기만 한 것은 아닙니다. 우리가 느끼는 감정을 끄적거리는 이 지극히 단순한 행위에는 온몸으로 전파되는 생생한 즐거움이 있습니다. 이는 오롯이 혼자 누리는 기쁨의 세계지요. 언어를 사용해 마음의 소리에 귀 기울이고 내면세계와 교감하는 능력은 세상살이에서 귀중한 자원이 됩니다. 누구나 손쉽게 시도할 수 있고 정해진 틀이 없으며 깊은 깨달음을 주는 것은 물론, 현대사회에서 피할 수 없는 야단스러운 소음도 잠시 잊게 해줍니다.

자기 이야기를 글로 풀어내는 이 단순하면서도 엄청난 경험의 세계로 당신을 초대합니다. 글을 쓰는 목표가 무엇이든 이책을 길잡이로 삼아 삶을 이야기로 풀어내 깨우침도 얻고 경험의 폭도 넓혀 보세요. 이전보다 삶에 대한 만족감이 커지고, 부푼 기대감을 안고 살아갈 수 있습니다.

..........

　나는 처음에 당신을 '작가'라고 불렀습니다. 자신에게 붙여진 작가라는 호칭에 동의하나요? 작가라는 호칭을 수많은 난관을 극복해야 거머쥘 수 있는 타이틀이라 생각할 수 있습니다. 그런 생각은 머릿속에서 말끔하게 지워버리세요. 외부 조건에 따라 자신이 작가로서 자질을 갖추었는지 그렇지 못한지를 판단하지 마세요. 자질이란 글을 쓰는 행위와 관련 있는 것이니, 공식적으로 인정받은 어떤 결과물을 선보일 때까지 기다릴 필요 없습니다. 글을 쓰면 모두 작가입니다.

　나는 어릴 때부터 글을 쓰고 싶어 했습니다. 선생님에게 이런 꿈을 표현할라치면 대뜸 면박당하기 일쑤였지요. "바보 같은 소리 하지 마. 열심히 공부하면 선생님이 되거나 아니면 은행에서 근무할 수 있을 거야." 어른이 되면서 어린 시절 품었던 열정은 점차 사라졌습니다. 나 같은 사람은 작가가 될 수 없다는 둥 책을 내는 일은 하늘의 별 따기만큼 어렵다는 둥 부정적인 말을 귀가 따갑도록 들었습니다. 나는 작가가 되기 위해 노력하다 이내 포기해버렸습니다. 일이 뜻대로 되지 않을 때마다 그런 말들을 곱씹곤 했기 때문입니다. 첫 책이 나올 때까지도 작가라는 말을 입에 올리지 않았습니다. 어쩐지 작가라는 호칭이 거북했어요. 잠깐 유지되고 말 지위인데 스스로 작가인 양

행세하는 것 같고, 또 다른 책을 내지 못하면 작가라는 타이틀을 반납해야 할 것 같았어요. 내게 그만한 자격이 없다는 생각도 들었어요.

돌이켜보면 진 빠지는 시간 낭비에 불과했습니다. 쓸데없는 짓을 한 것이지요. 나는 스스로 작가라 여기려고 또 다른 책을 쓰거나, 사람들이 내 책에 감탄하게 할 필요가 없었습니다. 그저 작가라는 직업을 천직으로 받아들이기만 하면 되었습니다. 당시 나는 허락이 절실했는데, 사실 다른 누구의 허락도 필요 없었어요. 당신은 이 글을 읽고 있다는 사실만으로도 작가라는 직업이 천직이라는 충분한 증거가 됩니다. 자기 자신을 작가로 여기세요. 당신에게 필요한 자격은 오직 간절한 마음뿐입니다.

·········

내가 늘 입버릇처럼 하는 말이 있습니다. 글쓰기는 노력이 빚어낸 산물이지만 진입 장벽이 낮아, 세상에서 가장 입문하기 쉬운 일이라는 것입니다. 필요한 장비도 거의 없습니다! 등산을 하거나 스키를 배우거나 도자기를 빚거나 영화를 만들거나 낙농업을 시작할 때 얼마나 많은 투자를 해야 하는지 생각해보세요. 글은 어디서든 쓸 수 있으니 단지 기록할 수 있으면 됩니다. 펜과 종이, 컴퓨터, 휴대전화를 이용해도 좋고 당신이 하는 말을 받아쓰거나 녹음할 수도 있습니다.

이 단계에서는 당신에게 없는 것보다 있는 것에 집중해야 합니다. 문법이 약하다, 컴퓨터 성능이 떨어진다, 독서량이 부족하다, 글쓰기 수업을 받아야 한다…. 이런저런 걱정이 앞서는 사람들이 있습니다. 장담하건대, 당신은 이미 작가로서 충분한 역량을 갖추고 있습니다. 이 글을 읽고 있으니 읽고 쓰는 능력에는 전혀 문제가 없습니다.

문해력이 떨어지는 사람의 관점에서 상상해볼까요? 나는 교도소에서 워크숍을 진행하고 있습니다. 그곳에는 말 그대로 글을 읽고 쓸 줄 모르는 사람이 많습니다. 내 아버지는 성인이 되어서야 글 읽기를 제대로 배웠으며 쓰는 것은 지금도 힘들어합니다. 쇼핑 목록을 적거나 십자말풀이는 할 수 있지만 대문자와 소문자를 구별하지 못합니다. 아버지에게 구두법은 여전히 풀리지 않는 수수께끼라 문장으로 빼곡하게 채워진 글 앞에서는 항상 움츠러들곤 합니다. 내 아들 맷은 글쓰기와 철자법이 굉장히 어렵다는 사실을 깨닫고는 곧바로 자신을 바보라고 단정해버렸습니다. 반 친구들과 비교해 아이의 글씨체가 삐뚤삐뚤 엉망이거든요. 아이는 신체장애도 갖고 있습니다. 내 친구 찰리는 뇌졸중으로 쓰러지는 바람에 그녀의 멋진 필체를 다시는 보여줄 수 없게 되었습니다.

시간을 거슬러 올라가면 과거에는 대다수 사람이 이름보다

가새표로 서명했습니다. 그리 오래전 일도 아닙니다. 오늘날 세상에는 여건이 여의찮아 교육을 못 받은 사람도 많고, 교육이 특정 계층의 전유물인 나라도 더러 있습니다. 당신이 글쓰기의 어려움을 이겨내고 있다면 아주 훌륭한 것입니다. 글을 수월하게 쓸 수 있다면 지금 자신이 가진 재능에 감사해야 합니다. 읽고 쓸 수 있다는 것이, 종이 위에 무언가 의미 있는 형태를 만들어낼 수 있다는 것이 얼마나 기적 같은 일인가요!

지금 당장 펜을 들고 다음 문장을 완성해보세요.

> 내 이름은 _____.
>
> 내가 이 책을 읽는 이유는 _____.
>
> 지금 내 기분은 _____.
>
> 책을 다 읽고 나서 하고 싶은 것은 _____.

이제 당신은 자신에 대한 글쓰기의 첫발을 뗐습니다. 이대로 계속 밀고 나가면 됩니다.

# 차례

# 이 책을 활용하는 법

○○○을 쓰는 데는 세 가지 규칙이 있다.
안타깝게도 그것이 무엇인지 아무도 모른다.
－윌리엄 서머싯 몸

이 책이 당신이 원하는 것을 채워주고 가려운 곳을 긁어주었으면 좋겠다. 책을 읽는 동안 당신이 즐거웠으면 좋겠다. 당신이 자기 길을 찾았으면 좋겠다. 그 길이 내 방식과 맞아떨어지거나, 조금 비슷하거나, 완전히 다를 수 있다. 내가 만약 이 책을 읽는다면 일단 욕조에 몸을 담그고 처음부터 끝까지 쭉 읽어 내려갈 것이다. 그러고 나서 이 책을 어떻게 활용할지 고민해보고, 다시 앞으로 돌아가 본문에서 소개하는 기법을 연습하면서 도움이 되는 페이지에는 표시를 할 것이다.

책을 읽어나가면서 연습하는 방식을 선호하는 사람도 있다. 그러다 보면 자의식을 느끼게 되는데 전혀 걱정할 필요 없다. 그저 지나가는 과정에 불과할 뿐이다. 당신이 불편을 감수하는 법을 배웠으면 좋겠다. 내가 당신이 첫발을 내딛도록 이끌어주겠지만 자기 판단에 따라 행동하고 직관의 목소리에도 귀 기울여야 한다. 다른 길로 에워가도 괜찮다. 당장은 어디가 어딘지 분간하지 못하더라도 구불구불 굽은 길이 결국 어딘가로 통하리라는 믿는다.

일 년 후 당신이 이 책을 다시 읽는다면 새로운 의미를 발견하게 되고, 지금은 크게 와닿지 않는 대목을 이해하게 될 것이다. 나는 당신이 이 책을 통해 성장했으면 좋겠다. 글을 많이 쓸수록 효과적인 방식에 대한 자신만의 의견과 관점이 생긴다. 많이 쓸수록 많이 배운다.

당신이 이 책을 발판 삼아 원하는 방향으로 마음껏 뻗어나가길 바란다. 이 책은 교과서도 강의록도 아니다. 나는 빈틈없는 논리로 완벽함을 추구하지도, 이것만 정답이라 우기지도 않았다. 어떤 사람에게 물고기를 잡아주면 그날 하루만 배부르지만 물고기 잡는 법을 알려주면 평생 배부르다는 속담을 떠올려보자. 나는 당신이 낚시할 때 옆에서 격려하는 사람이 되고 싶을 뿐, 내 방식대로 물고기를 잡아 요리하라고 강요하려는 것이 아니다. 내가 연습한 기법과 몸에 밴 습관을 하나하나 되짚어볼 테니 그것들을 습득해 마음껏 활용해보길 바란다.

만약 이 책이 아무런 울림도 주지 않는다면 과감하게 내려놓고 다른 책을 읽어도 좋다. 아니면 곧바로 글쓰기를 시작한다. 내가 하는 일은 95퍼센트가 자기 회의와 싸우는 일이라 해도 과언이 아닌데, 이 책에서 그 점을 비중 있게 다루었다. 어떤 작가들은 심리적 요인으로 글을 못 쓰게 되는, 이른바 '작가의 벽'은 존재하지 않는다고 여긴다. 글쓰기 기술이란 엉덩이를 의자에 붙이고 앉는 기술이라는 말이 있다. 그 말에 전적으로 동의하지만 글을 쓰기 위해 의자에 앉는 바로 그 행위가 그리 간단치 않다. 나는 의자에 앉고 싶지 않게 하는 머릿속의 온갖 목소리를 다스리는 법을 익혔다. 당신에게 보탬이 되길 바라며 내 비법을 꼭 전수하고 싶다.

　글은 쓰고 싶은데 시작이 어렵다면, 글감은 떠오르는데 글로 옮기지 못한다면, 간절히 원하는 일이 있는데 이렇다 할 진전이 보이지 않는다면, 이 책이 답이 되어줄 것이다. 내게 글쓰기에 도전하는 일은 조용히 앉아 있을 시간과 공간을 마련하고, 백지의 두려움을 견뎌내며, 산만함에 굴복하지 않고, 계속하는 것이다. 간단한가? 그렇다. 쉬운가? 그렇진 않다. 나를 의자에 앉힐 만한 묘수를 찾아내려고 이것저것 다 해보았다. 그것이 바로 앞으로 우리가 함께 헤쳐 나가야 할 과정이다.

# 처음이라는 두려움을 다스리는 법

책 쓰는 사람이 따로 있는 것은 아니다.
나처럼 책으로 둘러싸인 집에서 자라지 않았다면
작가를 우러러보는 것은 당연하다.
하지만 당신이 작가가 될 수도 있다.
-사스남 상게라

지금 기분이 어떤가? 나는 글을 쓰기 위해 시골에서 대엿새 동안 합숙하는 한 무리의 작가들에게 강의하는 것을 좋아한다. 그들은 긴장되고 신경이 곤두서며 때로 메스꺼움을 느끼면서 그곳에 도착한다. 이는 우리가 작가로서 자기만의 방을 갖고 싶다고 말할 때, 꿈을 이루기 위해 기꺼이 시간과 돈을 투자하겠다고 말할 때 경험하는 익숙한 감정이다. 그때마다 우리는 두려움을 느낀다.

백 명의 낯선 사람 앞에서 말하기 전에 두려움을 느끼지 않는다면 그 사람은 사이코패스 기질이 있다고 볼 수 있다. 이 말은 지금까지 내가 대중 연설에 대해 들은 말 가운데 가장 유용한 조언이다. 글을 쓰는 일도 마찬가지다. 글쓰기는 대단히 큰 일이다. 삶을 글로 옮길 때 속이 울렁거리거나 어깨에 힘이 들어가는 것은 어쩌면 당연하다. 나는 이 책이 벌써 다섯 번째 책인데도 여전히 이 모든 감정에 휩싸여 있다. 하지만 이번에는 전과 다르게 이 모든 일을 글을 쓰면서 겪는 과정이라 생각하며 더 수월하게 넘기는 요령을 터득했다. 자기감정을 애정 어린 시선으로 바라보며 관심을 가져야 한다.

당신은 두려움을 설렘으로 바꿀 수 있다. 십 대 자녀를 둔 수강생이 자기 딸이 만든 신조어라면서 설렘과 두려움이 뒤섞인 묘한 감정을 '설려움nervited'이라 한다고 알려주었다.

"바로 그겁니다!" 나는 무릎을 딱 쳤다.

"우리는 너나 할 것 없이 설려움을 느끼죠. 괜찮아요, 도망가지 않고 정신만 꽉 붙들면 됩니다."

몇 년 전 나는 핫 요가를 시작했다. 그것은 따뜻한 방에서 한 시간 반이나 계속되는, 사람을 녹초로 만드는 매우 고된 운동이었다. 나는 핫 요가를 거르지 않고 꾸준히 계속하진 못했다. 하지만 수업이 시작될 때마다 강사가 초보 수강생들에게 건넨 조언은 지금도 귓가에 맴돈다.

"요가실을 나가지만 말아주세요."

그것이 바로 처음이라는 두려움을 다스릴 때 우리가 해야 할 일이다. 도망가지 않고 그대로 있기만 하라. 당신이 이 자리를 지키고 있다는 영광을 자신에게 돌려라. 이 책을 집어 들고 본능이 이끄는 대로 자신을 표현한다니 얼마나 멋진 일인가! 대단하다. 텔레비전에 푹 빠져 있을 수도 있는데 여기 이렇게 앉아 있지 않은가. 무언가를 이루어내려는 열망을 품은 자신을 소중히 여긴다.

# 초심자의 마음가짐

영악함을 내다 팔고 당혹감을 사들여라.
–루미

전에 들었을 법한 말은 한쪽에 제쳐두고 유연하고 열린 마음으로, 자신만의 카누를 젓는 법을 알아내기 위해 이 책을 읽는다는 굳은 각오로 이 모든 것을 시작하려 노력한다.

　다른 작가의 습관을 살펴볼 때 가장 중요한 것은 그들의 방식이 자기와 맞지 않더라도 좌절하지 않는 일이다. 나는 그다지 현명하지 못해 무언가가 나와 맞지 않는다 싶으면 늘 기가 죽고 의욕을 잃곤 한다. 몇 년 전 한 작가가 엑셀 스프레드시트로 소설을 구상한다는 이야기를 들었다. 당시 나는 일하는 것이 그다지 즐겁지 않았다. 그 이유는 엑셀을 다루는 내 솜씨가 형편없어 혹시나 클릭을 잘못해 작업한 내용을 모조리 엉뚱한 곳으로 보내버리면 어쩌지 하는 걱정이 한몫했다. '아, 꼭 엑셀을 이용해 책을 써야 한다면 난 절대 할 수 없을 거야'라는 생각에 슬펐다. 문학 석사학위가 없어 글 쓰는 일에 진척이 없는 거라는 생각에 억울하고 비참하기도 했다.

나는 여전히 다른 사람의 글 쓰는 환경을 부러운 눈으로 바라본다. 어떤 작가가 어떻게 소설을 완성했는지 뒷이야기를 풀어놓은 글을 읽을 때면 이런 생각이 든다. '아, 나도 정원에 오두막이 있다면, 숲속에 혼자 있다면, 미국 명문 대학에서 학위를 받았다면 일할 맛이 나서 더 나은 작품을 뽑아낼 수 있을 텐데….' 요즘은 이런 생각을 그저 일하다가 문득 찾아드는 잡생각쯤으로 여기고, 애정을 품고 다시 작업에 전념한다.

내가 좋아하는 글쓰기 책이 몇 권 있다. 그 책들의 내용이 모두 마음에 드는 것은 아니다. 예컨대 3장은 삶을 바꿀 만한 내용인 데 비해 9장은 터무니없는 소리 같다. 또 지나치게 글의 구조에 치중한 책을 보면 막 울고 싶어진다. 그런 책의 저자들은 고전적인 3막 구조, 주인공과 적대자 등을 비중 있게 다루는 것을 좋아하지만 내 눈에는 상황을 풀어가는 방식이 지나치게 차갑기만 하다. 이런 방법은 결코 좋은 결과로 이어질 수 없다는 사실을 알기에 나는 그것들을 무시하게 되었다. 나와 달리 당신은 이 모든 작법에 전율을 느낄 수 있다. 당신이 해야 할 일이 바로 그것이다. 귀가 솔깃하고, 모순되고, 도무지 갈피를 잡을 수 없는 조언들을 듣고 자기만의 방식을 발견하면서 한 걸음씩 나아가야 한다. 입맛에 맞는 것만 쏙쏙 골라내면 된다.

이 책에 담긴 내 의견을 마음껏 의심하고 얼마든지 반대해도 좋다! 당신에게 크게 와닿는 부분도 있을 테고 썩 마음에 들지 않는 부분도 있을 것이다. 어떤 사람은 효과를 봐도 다른 사람은 그렇지 않을 수 있다. 내 방식대로 아침에 눈을 뜨자마자 글을 쓰는 것을 싫어한다고 혹은 계획대로 일하는 것을 좋아한다고 해서 스스로 작가가 아니라고 단정해선 안 된다. 이 책 때문에 글쓰기에 흥미를 잃게 되느니 차라리 몸서리를 치며 책을 내던져 버리는 것이 낫다.

내 말을 전혀 귀담아듣지 않아도 괜찮으니 계속 가보자.

1부

# 준비하기

Write It All Down

# 자기 안으로 파고들기

자신을 광부라고 상상해보자. 내 아버지는 광부였다. 아버지가 야간 근무를 마치고 속눈썹까지 석탄 가루가 잔뜩 묻은 지저분한 몰골로 집으로 돌아오던 모습이 떠오른다. 엄마는 그런 아버지를 위해 아침저녁으로 기름에 튀기고 볶은 음식을 차려냈다. 아버지는 고장 난 굴착기며 세차게 뿜어져 나온 물줄기며 온갖 잘 풀리지 않았던 일들을 들려주곤 했다. 아버지의 이야기는 주로 위험한 상황을 담고 있었다. 두 열차 사이에 끼어 몸이 뒤틀리는 바람에 다리를 저는 아버지는 그런 상황을 무척 즐겼다. 위험에 처할 때면 아버지는 동료들과 똘똘 뭉쳐 문제를 해결했고, 때로 지하에서 크리스털 조각을 발견하기도 했다. "성급하게 굴면 안 된단다." 아버지는 늘 그렇게 말했다.

주의 깊게 살피는 것은 언제나 가치 있는 일이다. 지금 우리는 글쓰기 준비 단계에 있다. 프로젝트를 검토하고 도구를 끌어모아 준비 태세를 갖추었다. 다음은 땅파기다! 자기 안으로 깊이 파고들어야 한다. 이 작업은 까다롭고 고되며 심지어 위험할 수 있다. 우리가 직접 갱도를 뚫고 들어가야 한다. 진흙으로 범벅된 형편없는 몰골로 온갖 어려움에 부닥칠 것이다. 이런 일에 걸어 들어갈 수 있는 번듯한 계단이 있을 리 만무하다. 유유히 걸어 들어가 완성된 프로젝트를, 이를테면 아름다운 황금 조각상 따위를 집어 들고나와 벽난로 위에 떡 하니 올려놓는, 기적 같은 일은 일어나지 않는다.

땅을 파고 들어가 금을 캐내고—금이 아직 금처럼 보이지 않기 때문에 이 작업은 매우 까다롭다—빛이 있는 곳으로 갖고 나와야 한다. 그런 다음 손에 넣은 것을 평가해본다. 금을 깨끗이 닦고 광을 낸 다음 제련하는 작업을 거친다. 드디어 마음에 쏙 드는 모양으로 만들고, 다른 사람들과 함께 나누는 단계에 이른다.

우리가 완성한 프로젝트는 상을 받을 만큼 빛나는 결실일 수도 있다. 하지만 흙먼지를 뒤집어쓰면서 자기 안으로 파고드는 열정에 몸을 맡기지 않으면 절대로 이루어낼 수 없는 일이기도 하다.

# 정형화된 틀은 없다

글쓰기에 대해 내가 줄 수 있는 정형화된 틀이나 일정한 공식은 없다. 당신은 글쓰기 지침을 간절히 원하겠지만 그런 것은 존재하지 않는다. 설령 있다고 해도 그것을 활용한다면 공장에서 찍어내듯 똑같은 책을 쓰게 될 테니, 글쓰기가 매우 지루한 일이 되고 말 것이다. 나는 정답을 알고 있지 않지만 그런 사람이 있다고도 생각하지 않는다. 글쓰기는 신비롭고 매혹적인 일이다. 내가 알고 있는 바를 모두 공유하고 싶지만 내 나름의 이해가 여전히 진행 중이라는 열린 마음과 희망을 품고 있다. 내 이야기를 일련의 지침을 제시하기보다 대화를 건네는 일로, 규칙 목록을 나열하기보다 생각할 거리를 던져주는 일로 여겨주길 바란다.

　한때 억지로 엉덩이를 의자에 붙이고 내가 알고 있는 바를 모두 글로 옮기기만 하면 된다고 생각한 적도 있다. 나중에 보니 알고 있는 것을 글로 옮기는 과정은 매우 유기적이었다. 아니, 그래야 할 것이다. 최고로 손꼽는 회고록은 저자가 삶에서 일어난 사건을 되짚어보며 새로운 결론에 이르고 마지막에는 전혀 다른 사람이 된다는 이야기를 담은 책이다. 이런 이유로 우리에겐 약간의 추진력이 필요하다. 누군가가 그저 의자에 앉아 자신이 알고 있는 바를 낱낱이 적기만 한다면 그 글은 토막 난 이야기이거나 그림에 비유하자면 정물화에 그칠 것이다.

주인공을 중심으로 전개되는 소설을 생각해보자. 소설에서 주인공은 편지를 받거나 누군가 죽었다는 소식을 전해 듣는 일을 계기로 과거의 중요한 사건을 떠올리게 된다. 주인공은 지나온 삶을 되짚는 과정에서 약속이나 한 듯 하나같이 전혀 다른 사람으로 변신한다. 그렇지 않으면 소설은 밋밋해지고 만다. 회고록을 쓸 때도 이 점을 염두에 두어야 한다. 우리는 무슨 일이 일어났고 그 일이 어떻게 일어났는지는 물론, 어째서 그 일이 여전히 중요한지도 알고 싶어 한다.

정형화된 글쓰기 틀이 없어서 곤란한 점은 백지의 공포에 휩싸여 갈피를 못 잡고 어찌할 바를 모를 수 있다는 것이다. 반면에 유익한 점은 글쓰기에는 옳고 그른 방법이 없어서 마음만 먹으면 누구나 다양한 방식으로 글을 쓸 수 있다는 것이다. 그것이 바로 우리가 하려는 일이다. 글쓰기는 당신이 주전으로 활약하는 능동적인 과정이다.

# 콘텐츠와 프로세스 탐색하기

이제 우리는 글쓰기 작업에 들어가려 한다. 어디서부터 시작해야 할까? 무엇을 알고 있어야 할까?

'콘텐츠와 프로세스'는 심리치료사들이 즐겨 사용하는 용어다. 콘텐츠는 우리에게 일어난 일을, 프로세스는 그 일을 받아들이려는 시도를 의미한다. 이 용어들은 글쓰기를 이해하는 유용한 방법이 될 수 있다. 우리가 살면서 경험한 일, 날것 그대로의 사건은 콘텐츠다. 글쓰기는 우리의 경험을 글로 옮기기 위해 사용할 프로세스다. 우리가 주변 사람들과 어떻게 비슷하고 어떻게 다른지 이해하는 데 도움이 될 수 있다.

콘텐츠는 자신만의 이야기이고, 자신에게만 특별한 의미가 있다. 반면에 프로세스는 다른 사람에게 배우고, 다른 사람과 공유할 수 있다. 남동생의 죽음을 다룬 내 첫 책『안녕, 매튜』는 콘텐츠가 주를 이룬다. 반면에 다음 책『마음의 고통을 다스리는 법A Manual for Heartache』은 프로세스가 주를 이룬다. 동생을 잃은 슬픔을 겪으면서 저마다의 이유로 비탄에 빠진 사람들에게 도움이 될 만한 것들을 많이 배웠다. 이 책은 그에 대한 성찰을 다룬다.

콘텐츠와 프로세스는 우리가 경험을 바탕으로 글을 쓸 때 자신을 보살피는 유용한 기법이 될 수 있다. 콘텐츠는 언제나 겸허한 태도로 대해야 하지만 프로세스에서는 적극적이고 탐색적이어도 좋다.

## 자신에게 다정하기

자기 안으로 파고들어 샅샅이 뒤지는 일은 매우 까다로운 작업이다. 칼로 굴을 까는 사람을 본 적이 있는가? 날이 예리하고 끝이 뾰족한 칼로 굴 껍데기 틈새를 비틀어 입을 벌리게 하려면 칼을 민첩하고 힘 있게 놀려야 한다. 까딱하면 손을 베이기 쉽다.

글쓰기는 굴 까는 칼로 가장 연한 속살을 에는 듯한 고통이 따른다. 우리는 과거를 들추며 밑바닥까지 훑어 흙탕물을 일으킨다. 한편으로는 그만두고 싶은 마음도 들고, 다른 한편으로는 단호한 의지로 가슴속에 파묻어둔 것을 끄집어낸다면 결국 자신에게 좋은 일이라는 생각도 든다.

이 일을 어떻게 처리해야 할까? 이 모든 것을 낱낱이 파헤치는 일은 잔인하고 공격적으로 느껴질 수 있다. 그런 감정을 어떻게 누그러뜨릴까? 정답은 여기에 있다. 우리가 이 일에 마음을 쏟고 의미를 부여한 만큼 자기 연민과 자기 돌봄의 비중도 높여야 한다. 무슨 일이든 좋아하는 일을 하며 자기 자신을 돌보아야 한다.

나는 내게 자양분이 되는 친구들과 함께 시간을 보내고, 걷고, 달리고, 목욕하고, 좋아하는 소설을 다시 읽고, 자연과 가까이하고, 요리하고, 한잠 늘어지게 자는 시간을 좋아한다. 어쩐지 건강한 생활을 위한 실천 목록 같지 않은가? 늘 그런 것은 아니지만, 요즘은 일시적으로 기분이 좋아지는 일들이 그다음에 기분을 상하게 하지 않도록 세심한 주의를 기울인다.

물론 당신은 이 충고를 무시할 수 있다. 나도 한 번씩 그럴 때가 있다. 불출하고 집에 틀어박혀 나 자신을 내팽개치고 돌보지 않는다. 피가 날 때까지 손톱을 물어뜯어 노트북 자판을 두드릴 때면 쓰라리고 아프다. 하지만 지금은 술을 입에 대지 않고, 진짜 문제가 글쓰기에 있을 때 주변 사람들과 사이가 틀어지지 않도록 마음을 다잡는다. 창작에는 고통이 따른다는 속설에 현혹되지 않고, 굴 까는 칼을 휘두르는 동안 웬만하면 나 자신을 다정하게 대하려 한다.

# 치유의 경계 넘어서기

"글쓰기로 치유가 되나요?"

나는 이런 질문을 자주 받는데 매우 흥미로운 질문이라 생각한다. 다른 작가들은 이런 질문을 받을 때면 곤란해하기도 한다. 모르긴 해도 그것은 치유에 대한 그들의 태도가 확연히 드러나기 때문일 것이다. 이런 문제에 정답은 없다. 글쓰기와 치유를 어떻게 정의하느냐에 달려 있다. 사전을 찾아보니 글쓰기는 '글을 쓰는 활동이나 기술', '출판을 위한 저술 혹은 직업적 글쓰기'라고 적혀 있다. 치유는 '병을 다스려 낫게 하는 것', 치유법therapeutic은 '몸과 마음에 좋은 영향을 미쳐 행복감을 불어넣는 방법'이라는 설명이 붙어 있다.

글쓰기를 통해 자기 안으로 파고드는 일은 치유법이 될 수 있다. 감정의 응어리가 밖으로 표출되어 심리적 안정을 얻는 카타르시스를 선사하기 때문이다. 자기 안에 곪아 있는 상처를 들추어 글로 옮기는 일은 마음을 정화하는 효과가 있다. 글 고치기도 심리 치유법이 될 수 있다. 자신이 쓴 글을 하나하나 뜯어보는 행위는 명상에 가까운 인내가 필요하기 때문이다. 엉겁결에 치료사가 자기 생각을 객관적으로 바라보라고 권하는 그런 수준의 인식에 이를 수 있다.

하지만 자기 글을 다른 사람에게 보여준다면 이야기가 달라진다. 그것은 확실히 치유 효과가 없다. 흥분되고 짜릿한 경험일 수 있지만 마음을 불안하게 하고 진을 빼는 일이기도 하다. 우리가 내심 듣고 싶은 소리는 천재라는 말밖에 없다. 다른 말은 가슴을 멍들게 할 수 있다.

이 글을 쓰는 지금, 이 순간에도 나는 두통에 시달리고 있다. 두통이 한 번 시작되면 몇 개월 동안 글을 쓰지 못했던 버지니아 울프가 떠오른다. 장담할 수 없지만 글쓰기는 두통을 일으킨다기보다 그것을 낫게 하는 쪽에 가깝다. 내 경우 글쓰기는 대개 두통을 치유하는 데 도움이 되지만 좋은 글을 썼는지, 다른 사람들이 내 글을 어떻게 평가할지 마음 졸이는 일은 건강에 해가 된다. 그것은 몹시 버겁고 힘겨운 일이다.

글감을 찾고, 첫 문장이나 첫 장章을 시작하고, 주거니 받거니 오가는 대화를 써 내려가는 일은 매우 재미있고 유익하다. 이렇게 처음에 떠오른 영감을 주제에서 벗어나지 않게 끝까지 끌고 가려고 씨름하는 일은 몸과 마음을 지치게 한다. 하지만 마치 마라톤을 완주하거나 혹은 산 정상에 오른 것처럼 기분만큼은 정말 끝내준다. 이보다 더 큰 희열을 가져다주는 것은 없다.

　가끔 글쓰기와 치유를 양자택일 관점에서 보는 사람들이 있다. 그들은 "치유에 방점을 찍으면 책 쓰기가 어려워질까요?"라고 묻는다. 내가 보기에 그럴 것 같지 않지만 언제나 글쓰기 프로젝트보다 자기 자신을 우선시해야 한다. 불편한 감정에 대한 글을 쓰려고 일부러 고통스러운 마음 상태에 머무르는 것은 상식 밖의 행동이다. 어쨌거나 글쓰기든 치유든 오랜 시간이 걸리기 마련이다. 당신도 나처럼 둘 다 할 수 있을 것이다.

# 아니면 그만이라는 마음 품기

배경이 어떻든 작가가 될 가능성은 그리 크지 않지만,
그렇다고 운에 맡기고 도전해보겠다는 사람들을 말리고 싶지 않다.
작가가 되려 했다가 실패해도 세상은 끝나지 않는다. 당신을 아끼는
사람들은 당신이 꿈을 향해 달려 나가는 것을 방해할 수 있다.
그것은 당신을 믿지 못해서가 아니라 세상을 믿지 못하기 때문이다.
사람들은 그저 당신이 안전하기만을 바란다. 내가 학생들에게
입버릇처럼 하는 말이 있다. "죽기 살기로 열심히 하되,
자기 자신을 돌보고 대안도 마련해두어야 한다."
- 타야리 존스

글쓰기에 대한 기대 관리 이야기로 진을 빼고 싶지 않다. 잔뜩
주눅이 들 수 있기 때문이다. 하지만 매도 먼저 맞는 것이 낫다
고 이왕 할 거라면 빨리 해치우자. 그렇다, 책을 내는 일은 어렵
다. 발 벗고 나서서 당신의 책을 내줄 사람은 아무도 없다. 출판
업계의 문제는 기본적으로 수요와 공급이 균형을 이루지 못한
다는 것이다. 언제나 책을 읽으려는 사람보다 책이 더 많다. 용
기를 북돋아주고 싶지만 냉혹한 현실을 알려야 한다는 의무도
느낀다.

사실 글을 써서 밥벌이하는 사람은 손에 꼽을 정도다. 사회가 온통 고소득자에게 관심을 쏟다 보니 책을 내는 작가들이 얼마나 적게 버는지 아는 사람은 많지 않다. 내 경험상 내가 작가라는 사실을 알면 사람들은 나를 실제보다 훨씬 더 부유한 사람으로 여긴다. 글쓰기에 시간과 돈을 투자해야 하지만 부디 그에 걸맞은 수익은 기대하지 않길 바란다.

이는 경마장에 가는 것과 비슷하다. 몇 년 전 나는 요크셔주에서 부모님이 운영하는 술집에서 잠시 일을 거들었다. 우리는 일을 마치고 폰테프랙트시에 있는 경마장에 자주 갔다. 그때 나는 경마를 즐기는 사람들을 관찰하면서 한 가지 이론을 정립했다. 도박을 가장 건전하게 하려면 손에 땀을 쥐는 승부는 즐기고 경기 결과에는 마음을 비우라는 것이다. 마음에 드는 경주마를 골라 판돈을 걸고 목청껏 응원한 다음, 예상이 빗나가면 '뭐, 어쩔 수 없지!' 하고는 마권을 죽죽 찢어버리면 그만이다. 글쓰기도 마찬가지다. 새로운 것을 배우고 즐겁게 지낼 수 있으니 시간을 들여 글쓰기 교육을 받길 바란다. 다만 책을 내서 투자 비용을 회수하려는 기대는 버린다.

그렇더라도 출판업계에서 입이 떡 벌어지게 일궈낸 수많은 성과가 주류에서 동떨어진 뜻밖의 분야에서 나왔다는 사실을 기억한다면 글을 쓰고 싶은 의욕이 날 것이다. 당신이 대박을 터뜨릴 차세대 주자가 되지 말라는 법은 어디에도 없다. 기존에 나온 책이 없다는 이유로 쓰기를 주저해선 안 된다. 당신이 세상에 없던 것을 선보일 수 있다.

회고록을 내고 싶다면 지금이 적기다. 몇 년 전까지만 해도 유명인이나 이름 있는 작가만 회고록을 쓸 수 있다는 생각이 지배적이었다. 평범한 사람들에겐 자기 경험을 소설로 녹여내는 것을 권장했다. 지금 서점가에는 평범한 사람들이 쓴 회고록 열풍이 불고 있다. 논픽션에서도 예전보다 개인적인 이야기를 많이 담아내고, 소설가에게도 홍보 목적으로 자전적 요소를 녹여낸 소설을 요구하는 추세다.

일단 지금은 이런 생각에 너무 깊이 빠져들지 않는 것이 좋다. 걸음마 단계에서는 다른 사람들의 평가에 전전긍긍하며 불안해하기보다 차근차근 실력을 쌓아나가면서 한껏 재미를 맛보아야 한다. 아무쪼록 희망을 품고 글쓰기 여정을 시작하되, 자기 달걀을 출간이라는 바구니에 몽땅 담는 일은 피하는 것이 좋다. 나는 글쓰기 자체의 가치에 의미와 목적을 둘 때 최상의 결과물을 얻는다.

# 확신의 글쓰기는 없다

형편없는 예술가든 뛰어난 예술가든 작업이 진행되는 동안에는
놀랄 만큼 같은 생각을 한다.
–힐러리 맨틀

작품이 괜찮은지, 자신이 잘하고 있는지 걱정해야 아무 소용없
다. 그것은 결국 결과물에 거는 기대와 뒤죽박죽인 눈앞의 현
실 사이 괴리를 견뎌내는 문제일 뿐이다. 지금까지 다섯 권의
책을 내는 동안 나는 매번 내 글이 쓰레기인지, 내가 쓸모없는
인간인지, 모든 사람이 나를 비웃지는 않을지, 내가 감당도 못
할 일을 벌인 것은 아닌지 안절부절못했다. 나는 왜 휴일도 없
고, 연금도 안 나오고, 동료도 찾아보기 힘들고, 잡담을 즐길 짬
도 없고, 지독히 외로운 이런 변변치 못한 직업을 가진 거냐고
속을 태우며 영겁의 세월을 보냈다.

이런 일에 마음을 쓰는 것은 아무짝에도 쓸모없는 짓이다.
그 이유는 여기에 있다. 웬만한 작가들은 대부분 끝 모를 절망
과 의심의 소용돌이에 휩싸여 있다. 사람들은 책도 내고 잘나

가는 작가들은 공식적으로 대중에게 인정을 받았기 때문에 자신에 대해 다르게 생각할 거라고—나는 그렇게 믿었다—믿는 경향이 있다. 확실히 정식 작가로 인정받는다면 걱정거리가 말끔히 사라질 것이다! 그러나 내가 직접 겪어보니 전혀 그렇지 않았다. 작가들은 대부분 한시도 마음을 놓지 못하고 살아간다. 책을 내기 전에는 아무래도 자신은 재능이 없는 것 같다고, 아무도 읽고 싶어 하지 않을 책에 아까운 시간만 허비하고 있다고 불안해한다. 책을 내고 나서는 애초에 자신은 책 한 권밖에 못 쓸 그릇이라 더는 쓸 것이 없다고, 정말로 재능이 없는 것 같다고 초조해한다.

이런 걱정에 휩싸여 있을 때는 당신만 이런 생각을 하는 것이 아니므로 여기저기 떠들어대지 않는 것이 좋다. 나는 내가 절대로 잘 해낼 수 없다고 생각한 나머지 아예 글쓰기를 손 놓고 몇 년을 흘려보냈다. 내가 종이에 적어둔 글감과 토막글들이 견고한 이야기로 발전할 리 없다고 믿었다. 어느 날, 라디오에서 한 작가가 좀 전에 내가 이야기한 것과 비슷한 생각을 털어놓았다. 그는 이제까지 자신이 쏟아부은 노력이 빛을 볼지 어떨지 확신이 서지 않았다고 말했다. 순간 나는 화가 치밀어, 라디오에 대고 "웃기고 있네. 다 알고 있었으면서 무슨 소리야"라고 외쳤다.

이제 그때의 나처럼 생각하는 사람들이 내게 어차피 일이 잘 될 걸 다 알고 있었으면서 무슨 소리냐고 반문할지 모른다. 나는 정말이지 확신이 없었고, 걸핏하면 산만해지고 기가 죽어 글쓰기에 영 소질이 없다고 생각했다. 사람들이 "당신이 정말 작가라면 어떻게든 해낼 방법을 찾겠지요"라는 식으로 말하면, 나는 '그럼 난 작가가 아닌 거로군' 하고 생각했다. 나는 내가 진정한 작가라면 글쓰기가 훨씬 더 즐겁고 쉬웠을 거로 생각했다. 내가 쓴 글을 읽어보고 쓰레기라고 결론을 내린 뒤 글쓰기에서 손을 떼버렸다.

엄청난 변화가 찾아온 것은 출판 에이전트 조와 글쓰기에 대한 이야기를 나눈 후였다. 우리는 런던 도서전이 열리던 전시장 밖 의자에 앉아 있었다. 나는 도통 마음을 못 잡고 괴로워하며 첫 책 『안녕, 매튜』에 들어갈 원고를 마무리하지 못해 흐느끼고 있었다. 내가 잘 해낼 수 없을 것 같다고 말하자, 조가 따뜻하게 위로해주었다. "있잖아요. 자기 회의는 창의성과 뒤얽혀 있어요. 이유는 모르겠지만 내가 아는 창의적인 사람들은 하나같이 자신을 무능한 사람으로 치부하며 많은 시간을 허비하더군요. 그냥 신경 쓰지 않으면 돼요. 배우나 코미디언이 아닌 걸 다행으로 여기세요. 그들은 이런 성향이 훨씬 더 심하다고요."

내 삶이 송두리째 바뀌는 순간이었다. 조가 나를 꼭 껴안아주었다. 나는 눈물을 훔치고 다시 달렸다. 지금은 웬만한 작가들은 대부분 자신을 쓰레기라고 여기면서 많은 시간을 허비한다는 사실을 안다. 이는 그저 지나가는 과정일 뿐이다. 나는 아직도 자기 회의를 완전히 떨쳐 내지 못했다. 하지만 그것은 사실에 근거한 객관적인 의심이 아닐뿐더러 내가 할 수 있는 최선은 다시 글쓰기로 돌아오는 것뿐이라는 사실을 안다. 이제는 한창 진행 중인 작품 수준이 형편없을까 봐 조바심을 내는 데 들이는 시간과 에너지를 아껴 작품 자체에 더욱 심혈을 기울인다.

# 자기표현의 두려움에 맞서기

우리는 모두 글을 쓰고 싶어 한다—우리가 여기에 있는 까닭이다. 무엇이 우리의 발목을 잡는 걸까? 우리는 결과에 대한 두려움에 맞서 자신을 표현하고 싶은 강한 욕구를 느낀다. 그 욕구는 매우 간단하게 설명된다. 바로 자신을 둘러싼 세계를 이해하고 싶은 마음이다. 우리는 자기 경험이 다른 사람에게 도움이 되길 바란다. 자기 모습을 드러내고 목소리를 내고 다른 사람에게 이해받고 사랑받길 바란다. 한편으로 부유하고 유명한 사람이 되고 싶은 마음도 있다. 그런 마음은 잘못된 것이 아니다. 도전 정신을 발휘하고, 세상에 이름을 떨치고, 삶의 의미와 목적을 부여하는 무언가를 쓰고 싶을 수 있다.

공포는 다방면에서 복합적인 양상을 드러내며, 우리에게 일어나는 온갖 일들과 우리 자신에 대한 모든 의식적, 무의식적 두려움 속에 도사리고 있다. 우리는 마음이 매우 불편하고 에너지가 완전히 고갈되는 팽팽한 줄다리기를 계속하고 있는 것이다.

나는 그저 두려움을 외면하려 했지만 별 효과를 보지 못했다. 잠시나마 잠재울 수는 있어도 두려움은 또다시 밀려들었다. 나는 결코 거기서 벗어날 수 없었다. 이제는 마음이 평온하더라도 그것은 진정한 평화가 아니며 언제라도 깨질 수 있다는 사실을 안다. 두려움을 떨쳐 내는 가장 효과적인 방법은 그 모든 극한의 두려움에 맞서는 것이다. 햇빛이 잘 드는 곳에서 두려움을 끄집어내어 살균하고 소독한다.

　우리 앞을 가로막는 모든 장애물을 뛰어넘어 본격적으로 작업을 시작할 수 있도록 철저히 준비하자.

# 글쓰기를 가로막는 것들 직시하기

표현은 우울의 반대말이다.
- 이디스 에게르

내가 단체 강의를 시작할 때마다 즐겨 하는 훈련이 있다. 나는 보통 그 훈련을 공동 마인드맵 방식으로 진행한다. 커다란 플립차트(강연 등에서 한 장씩 넘겨 가며 보여주는 카드-옮긴이)를 곁에 두고 강단에 서서 수강생들에게 글쓰기를 할 때 우리의 발목을 잡는 현실적 한계와 심리적 장벽을 있는 대로 외쳐보라고 한다. 사람들은 하나둘 가슴속에 꼭꼭 숨겨둔 두려움을 털어놓기 시작한다. 시간이 지날수록 누가 무슨 말을 했는지 잊어버리고 구구절절 정곡을 찌르는 서로의 발언에 깊이 공감한다.

두려움을 입 밖에 내면 한결 안도감이 드는 법이다. 나는 '이름을 붙이면 다스릴 수 있다'라는 표현을 좋아한다. 모든 사람이 똑같은 두려움을 느끼는 것은 아니며 저마다 다른 중압감에 시달리지만 그것을 공감하지 못하는 사람은 단 한 명도 없다. 나는 혼자가 아니라는 사실을 깨달을 때마다 마음이 한결 놓인다.

그 자리에서 언급된 두려움의 목록은 다음과 같다.

부모님/아이/형제자매/전 애인/교회 신도/직장 동료가 뭐라고 할까?

내 글이 너무 지루한가? 내가 너무 재미없는 사람인가?

나는 무슨 말을 하고 싶은 걸까?

사람들 눈에 띄는/존재감을 드러내는/관심을 끄는 것이 두렵다.

시간이 부족하다.

이것이 금전적으로 합리적인 일인가? 확실히 돈 되는 일에 시간을 써야

하는 것이 아닐까?

내 이야기는 두서가 없고, 뒤죽박죽이다.

이야기가 터무니없어서/침울해서/시답잖아서 아무도 읽고 싶지 않을 것

이다.

지나치게 많은 일이 일어난다./일어나는 일이 별로 없다.

너무 고통스럽다./그다지 고통스럽지 않다.

내 정체성 때문에 사람들이 나를 원하지 않을 것 같다.

어찌할 바를 모르겠다!

나는 자격이 없다.

나보다 다른 사람들이 훨씬 잘한다./재미있다./이야깃거리가 넘친다.

소송당할 것 같다.

내 방/서재/성능 좋은 컴퓨터/그럴듯한 노트북이 없다.

어디서부터 시작해야 할지 모르겠다.

허리가 아파서/손목이 아파서/우울증을 앓아서 일하는 데 방해가 된다.

차라리 새 일자리를 구하거나 다이어트를 하는 것이 낫겠다.

인맥이 없으면 책을 내지 못한다던데, 이게 다 무슨 소용이야?

미모가 뛰어나지 않으면 책을 내지 못한다던데, 이게 다 무슨 소용이야?

나이가 너무 많다./나이가 너무 적다.

숨 돌릴 틈도 없다.

그 사건이 일어난 지도 까마득하다.

그놈의 빨래! 빨래 더미에 파묻혀 헤어날 수 없다.

내 글이 쓰레기 같으면 어쩌지?

내가 헛소리를 지껄이는 거라면 어쩌지?

너무 내 생각에만 갇혀 있나?/선진국에서나 일어날 법한 문제를 다룬 걸

까?

문법 실력이 모자라다.

타성 / 나태 / 무기력에 빠져 있다.

외로울 것 같다.

시간이 너무 오래 걸린다.

글쓰기 대신 수채화 / 자수 / 우쿨렐레를 배워야겠다.

나는 ○○○처럼 보이고 싶지 않다.

글을 쓴다면 누군가에게 내보여야 할 텐데, 내 글이 형편없다고 하면 어

쩌지?

나는 어째서 나 자신과 다른 사람에게 이런 두려움을 솔직하게 모조리 털어놓도록 격려하는 걸까? 다소 위험한 일이긴 하지만 두려움을 끄집어내지 않으면 곪아 터지기 때문이다. 우리가 몸에 지니고 다니는 질퍽한 오물을 남김없이 게워낼 때 마음은 한결 가벼워진다. 어떤 것은 고칠 수 있고 해결할 수 있는 반면에 또 어떤 것은 해결되어야 한다는 사실을 깨닫기 시작한다. 지금 당장 해보자. 햇빛 살균제를 찾아내겠다는 마음으로 자신만의 기록을 남겨본다. 마인드맵을 그리거나 목록을 작성해도 좋다.

　두려움을 죄다 털어놓으니 기분이 어떤가? 심호흡을 여러 번 해본다. 두려움을 끄집어내어 직시한 것을, 번쩍이는 갑옷을 입고 자기 자신을 구한 기사가 된 것을 축하한다.

# 걸림돌을 제거하는 방법들

글을 쓰려 할 때 우리를 힘들게 하는 두려움을 파헤쳐 보자. 두려움은 우리가 탐구해야 하는 매우 불쾌한 믿음이—개중에는 사실보다 더 사실에 가까운 것도 있다—긴밀하고 복잡하게 얽힌 형태로 존재한다. 그런 두려움이 종이 위에 드러났다면 이제 몇 가지 범주로 나누어 그것을 제거하는 방법을 알아보자.

### 자기표현의 욕구

이는 우리가 쓴 글에 아무도 관심을 기울이지 않거나 혹은 우리가 어떤 식으로든 대가를 치를 거라는 두려움과 맞물려 있다. 우리는 자신이 내뱉는 말과 글로 섣불리 판단을 당할까 봐 염려한다. 소속된 집단에서 수용되고 싶은 것은 인간의 가장 기본적인 욕구이므로 공개적으로 의견을 드러낸다는 발상이 위험하게 느껴질 수 있다. 예전보다 기가 죽었긴 하지만 여전히 그 자리에 존재하는 나의 일부는 잠자코 집에만 있으면 안전할 거로 생각한다. 내가 무슨 일을 하려고 들면 그것은 "입 다물어! 난

간 위로 머리 좀 디밀지 말라고! 우릴 죽일 작정이야?"하고 뜯
어말린다. 문제는 두려움을 관리하는 데 에너지를 모두 빼앗긴
나머지 정작 글을 쓸 힘이 남지 않을 거라는 점이다.

## 자신에 대한 불신

"내게 문제가 있나 봐." "난 너무 지나쳐/부족해." 이런 두려움
은 적지 않게 서로 반대된다는 사실을 눈치챘는가? 수강생의
절반은 자신이 너무 어리다고 느끼고, 나머지 절반은 자신이
너무 늙었다고 느낀다. 자신이 지나치게 많은 일을 겪었다고,
자기 이야기가 너무 보잘것없다고 걱정하는 사람들도 있다.
"난 너무 평범해." "난 너무 화려해." "난 너무 이렇다니까." "난
너무 저렇다니까." 문법에 자신이 없는 사람에게 쉽게 읽히는
글을 쓸 수 없을까 봐 두려워하는 학자도 있다.

글쓰기 관점에서 보면 자신에 대한 불신이 객관적 사실에 기
반하든 그러지 않든 중요치 않다. 이런 고민을 곱씹는 습관은 자
신에게 도움이 되지 않는다. 세상은 여러 면에서 불공평하다. 그
렇다고 그저 가만히 앉아서 지금 우리 모습 때문에 우리가 하는
일이 바람직하지 않다고 말하는 것은 창의력을 해치는 길이다.

자신이 자기 운명의 주인이자 자기가 탄 배의 선장이라 믿어
야 한다. 그것이 당신의 기운을 북돋아준다면 차라리 불공평한
세상에 화를 내라. 당신이 자신을 표현하지 못하게 막을 힘을

외부 환경에 내주어선 안 된다.

## 완벽주의

우리는 자신에게 너무 짜증 난 나머지 글을 완벽하게 써 내려가기 힘든 것이다! 사회는 재능과 스타성에 치중하고 노력은 대수롭지 않게 여기는 경향이 있다. 재능이 충분하다면 당장에라도 기가 막힌 글을 뚝딱 쓸 수 있다고 여긴다. 그보다는 글쓰기 과정 자체에 충실하고 자신을 존중해야 결과에 집착하지 않고, 더 많이 배우고, 더 발전하고, 경험의 의미와 목적을 더 가치 있게 여길 수 있다.

이는 오랜 시간이 걸리는 일이다. 음악가가 연습하고, 배우가 리허설을 하고, 운동선수가 훈련하는 것과 마찬가지로 우리도 그런 수준의 헌신을 다해야 한다. 다음 주 화요일까지 5만 단어를 힘들이지 않고 완벽한 문장으로 정갈하게 쓴 결과물을 내놓지 못한다고 자신에게 분노를 쏟아내는 데 에너지를 낭비해선 안 된다.

## 이야기 자체와 이야기할 수 있는 능력에 대한 혼란

때로 글쓰기가 감당하기 힘들 만큼 어렵게 느껴질 수 있다. 궁금한 것은 많은데 답변은 그 수준에 미치지 못한다. 어디서부터 시작해야 할지 모르겠고, 중간에는 어떤 내용을 넣을지 알길 없으며, 어떻게 끝내야 할지 도무지 감이 잡히지 않는다. 모든 이야기에는 시작과 중간과 끝이 있다는, 어딘가에서 읽은 글을 떠올리고는 과제를 해결해야 한다고 생각한다.

우리는 처음부터 모든 정답을 갖고 있지 않다는 사실을 인정해야 한다. 이는 대체로 가능하지도 바람직하지도 않다. 글을 쓰는 행위 자체가 억지로 기억을 지우고 의미를 낳는 일이기 때문이다. 글로 쓸 때만 자신이 그것에 대해 생각한 바를 정확히 파악할 수 있다. 이는 유기적인 과정이다. 기억은 꼬리에 꼬리를 물고 이어지며 일정한 패턴을 보이기 시작할 것이다.

나는 툭하면 무언가에 정신이 팔리거나, 겉보기에는 별개의 두 사건을 서로 연관 지어 생각한다. 그 이유는 나도 모른다. 내가 묵묵히 참고 혼란을 견뎌내며 끊임없이 노력하면 그 의미가 선명하게 드러날 것이다. 잠재의식은 내가 이해할 수 없는 방식으로 흐르지만, 그것을 파고들 용기가 있다면 그만큼 대가가 돌아오기 마련이다. 우리는 모두 혼란스러운 것을 싫어하고 확실한 것을 절실히 바라지만, 혼란스러운 상태를 깨달음에 이르는 길로 여긴다면 글쓰기에 도움이 될 수 있다.

## 구상의 어려움

"글을 쓰기 전에 무엇에 대해 쓸지 구상을 해야 하지 않나요?"
인터넷에서 글쓰기에 대한 조언을 찾아보면 대체로 시놉시스를 짜고 장별 개요를 정리한 다음, 빈칸을 채워가며 글을 쓰라고 한다. 실제로 이런 방식으로 책을 쓰는 작가가 있는지 나는 잘 모르겠다. 오히려 우리는 몹시 혼란스러워하고, 얼굴을 일그러뜨린 채 한동안 눈물을 흘리다가 글을 마구 쏟아낸 다음 고치고 다듬는다. 그것도 아주 많이. 마지막 단계에 이르러서야 비로소 무엇에 대한 글을 쓴 것인지 알게 된다. 다시 말하지만 글을 쓰는 행위 자체에 의미가 있다.

## 사서 걱정하기

간신히 자기 이야기를 세상에 꺼내놓으면 가족, 친구, 이웃, 동료가 어떻게 생각할까? 가족의 비밀을 누설했다고 비난할까? 사생활 침해 문제는 어떻게 처리해야 할까? 이는 모두가 생각해야 할 문제고, 충돌을 일으킬 소지가 있다면 숙고해야 할 현실적인 문제다. 하지만 이 단계에서는 잠시 보류하고 나중으로 미루어야 한다.

이런 걱정에 휩싸이면 우리는 아무것도 시도하지 못하고 경직되어버릴 수 있다. 어마어마하게 많은 책이 세상의 빛을 보지 못하고 사라지는 이유는 실존 인물을 다루는 문제를 극복하지 못해서가 아니다. 작가 스스로 지레 겁먹고 애초에 책을 쓰지 않기 때문이다.

## 게으름에 대한 책망

게으름이란 결국 미루기와 두려움의 다른 이름이다. 이제까지 나는 자신의 게으름을 자책하는 수많은 사람과 함께 일해왔다. 그들은 대체로 두려움에 떨며, 심리적으로 위축되고, 머릿속을 맴도는 불쾌한 목소리를 감당하기 어려울 때 자신의 게으름을 책망했다.

## 가지 않은 길의 유혹

아, 상상 속 우쿨렐레가 나를 유혹한다. 나는 다른 일을 해야 할까? 내가 글을 쓰지 않았다면 정말 수채화를 그리고 있을까? 아마도 아닐 것이다. 나는 여전히 모든 것이 내 안에서 소용돌이치는 채로 가만히 있을 것이다. 내가 그림을 그리거나, 악기를 연주하지 못하게 막는 것은 없다. 단지 거기에 내 손이 미치지 않을 뿐이다.

## 비교하고 절망하기

비교와 절망 앞에 무릎을 꿇어선 안 된다. 비교의 해악은 먼 옛날부터 그 뿌리가 깊다. 오늘날에는 소셜미디어를 통해 치사량에 가까운 에너지를 얻고 있다. 다른 사람과 비교해 자신을 부정적으로 보는 것은 매우 쉬운 일이다. 작가들은 으레 다른 사람과 비교하며 절망하곤 한다. 이는 엄청나게 해롭고 아무짝에도 쓸모없는 짓이다. 다른 사람이 어떤 자질을 갖추었든 나와 무슨 상관이란 말인가. 불안감을 끌어안고 있으면 자기 목소리를 찾는 일이 더욱 힘들어질 뿐이다.

나는 줄리언 반스나 힐러리 맨틀만큼 글을 잘 쓰지 못해 오랫동안 책을 쓰지 않았다. 그러다가 그들처럼 말할 필요가 없고 나답게 말하면 된다는 사실을 깨달았다. 요즘 인터넷에서 많은 시간을 보내다 보면 내가 한물간 뒷방 늙은이 같고, 걸리적거리지 않게 물러나야 할 것 같아 마음이 초조해진다. 그때마다 나는 인터넷을 끄고 글을 쓰는 페이지로 돌아온다.

## 미루기

"그만한 시간이 없다." "조건을 못 갖추었다." "건강이 받쳐주지 않는다." 주로 글쓰기를 미루고자 핑계를 댈 때 자주 하는 말이다. "새 컴퓨터를 장만할 돈을 모아야 시작할 수 있다." "꼬박 일주일 동안 쉬어야 시작할 수 있다." "호르몬 대체 요법을 받아야 시작할 수 있다." "실력을 갈고닦아야 시작할 수 있다." 문법 실력을 더 키워야 한다고 생각하는, 학식 있는 사람들도 많다! 이 단계에서는 그런 걱정을 하느라 시간을 낭비해선 안 된다. 자신에게 없는 것을 불평하기보다 자신에게 있는 것과 자신이 할 수 있는 것이 무엇인지 알아내는 데 집중한다.

## 경험 부족과 기억의 불완전함

내가 좋아하는 소설가 엘리자베스 제인 하워드는 종종 자기 자신을 소설의 소재로 삼는다. 그녀의 자서전 『슬립스트림 *Slipstream*』과 작품들을 살펴보면 이 사실을 쉽게 알 수 있다. 하워드는 "와인을 저장하듯 자전적 요소를 묵혀야 한다"라고 말한다. 이는 내가 말하는 '거름주기'를 훨씬 우아하게 표현한 말이다. 우리는 이제까지 살면서 많은 사건을 겪었는데, 그런 사건들도 우리 자신도 성숙하고 발전할 시간이 필요하다.

경험이 여물어 글감이 되기까지 얼마나 많은 시간이 흘러야 하는지에 대한 뚜렷한 기준은 없다. 그러므로 얼마간 시간이 지난 일이라도 긍정적으로 보려고 노력해야 한다. 일이 생기고 곧바로 쓴 회고록에는 생생한 목소리가 담긴다. 반면에 일이 생기고 한참 지난 뒤에 쓴 회고록에는 시간의 흐름에 따른 깊이가 더해진다. 기억의 본질을 성찰함으로써 그 가치가 높아진 것이다. 기억이 완전하지 못하거나 단편적이더라도 걱정할 필요 없다. 트라우마를 겪는 동안에는 시간과 기억이 마구 뒤엉켜 엉망이 되는 법이다. 글쓰기로 이 문제를 풀어낼 방법은 수없이 많다.

## 타인의 시선 의식하기

돌이켜보면 함께 일하는 작가마다 어느 순간 내게 이런 말을 했다. "거만한/냉정한/내가 가진 특권을 당연시하는/자기 연민에 빠진/너무 아는 체하는/무감각한/아이에게 집착하는/일에 집착하는/자신에게 집착하는 사람처럼 보이고 싶지 않아요." 이런 말은 나열하자면 끝도 없다. 나중에 자세히 살펴보겠지만, 일단 이들이 말한 것은 초고를 쓸 때 생기는 문제가 아니라는 점을 밝혀둔다. 이 단계에서는 다른 사람의 시선을 의식한 나머지 자신이 하고 싶은 말을 못 하는 일은 없어야 한다.

## 근거 없는 믿음

인터넷에 떠도는 출판에 대한 방대한 정보는 대부분 허튼소리에 지나지 않는다. 대체로 창작 활동 행보가 순조롭지 못해 속이 뒤집힌 사람들이 쓴 글이 많다. 한때 책을 내려면 외모가 매력적이어야 한다는 이야기가 나돈 적이 있다. 내가 존경하는 동료 작가들을 보아도 우리는 특별히 외모가 아름답거나 말쑥하게 차려입지 않는다. 출판업계보다 당신이 어떻게 생겼는지, 얼마나 특이한지를 중요시하지 않는 직업이 있는지 의문이다. 미디어 업계는 출판업계보다 이런 것들에 관심이 많을 수밖에 없다. 아무래도 겉모습이 매력적이거나 눈길을 끈다면 결국 사진을 찍힐 가능성이 큰 것이 사실이다.

다시 말하지만 세상은 당신에게 책을 내줄 의무가 없다. 출판은 정해진 단계를 거친다고 해서 얻을 수 있는 자격이 아니다. 책을 내는 일은 쉽지 않지만 당신이라고 못 할 법도 없다. 또 직접 해보지 않으면 알 수 없는 일이기도 하다. 그러므로 자신이 너무 어리니, 너무 늙었니, 매력이 없니, 문제가 있니 하며 푸념을 늘어놓을 필요는 없다.

사람은 한 번에 한 가지만 잘할 수 있다는 속설이 있다. 사랑에 빠져 행복하거나, 직장에서 성취감을 맛보거나, 창의성을 마음껏 발휘하는 것이다. 이렇게 하나만 잘할 수 있다는 믿음도 사실이 아닐 수 있다. 물론 무엇에 관심을 두고 집중할지 결정해야 하지만, 원하는 것을 손에 넣으려면 반드시 다른 하나를 희생해야 한다는 말에는 반기를 들고 싶다.

## 비판적 목소리

머릿속에서 글쓰기가 왜 탐탁지 않은 일인지 이유를 대는 목소리가 울릴지 모른다. 그것도 무척 심하게! 작가이자 심리치료사인 줄리아 새뮤얼은 이런 머릿속 합창단을 일컬어 '엉터리 위원회'라고 부른다. 내 머릿속에서 울려대는 목소리들은 내가 지나치게 게으르고 멍청하다며 비난을 퍼붓는다. 그들은 시도 때도 없이 내게 글쓰기를 때려치우라고 말한다. 결국 몸에 탈이 날 거라는 둥 머리가 어떻게 될 거라는 둥 내가 해내지 못할 가능성을 끝도 없이 늘어놓는다. 심지어 내가 글을 끄적일 때면 어차피 졸작이 될 거라며, 더 나은 글로 다듬을 체력도 의

지도 없지 않냐고 힐난한다. 내가 어떻게든 작품을 선보이더라도, 사람들이 이런 쓰레기 같은 글을 누가 읽느냐며 입을 모으면 적절히 대처하지 못할 테니 그냥 발 닦고 잠이나 자라고, 그래봤자 다 헛수고일 텐데 뭐하러 골치를 썩이느냐고 한다.

심리치료사인 내 친구 클레어 드 부르삭에 따르면, 흔히 머릿속에서 울려대는 비판적 목소리는 과거에 뿌리를 두고 있다. 그런 목소리는 우리를 보호하려는 의도에서 생겨났다는 사실을 알면 쉽게 받아들일 수 있다. 아마도 내 머릿속 목소리는 나를 안전하게 지켜주려고 애쓰는 모양이다. 그들은 내가 나를 드러내는 것을 말리고 싶어 한다. "그만 좀 나대라고." "관심 끌지 말라니까!" "네가 뭐라도 되는 줄 알아?" 그들은 나를 막으려고 무슨 짓이든 할 것이다.

때로 외부 목소리가 내면에서 울려대기도 한다. 내 머릿속 목소리 중 어떤 것은 요크셔 시절에 생겨난 것도 있다. 요크셔에 살 때 나의 주된 목표는 '나 자신을 드러내는 것'이 아니었다. 부모님의 한결같은 지지와 격려를 받아온 내게 바깥세상은 그야말로 충격으로 다가왔다. "쟤는 아주 자신만만해"라는 말은 결코 칭찬이 아니었다.

당신도 머릿속에서 비판적 목소리가 울려대는가? 그들은 주로 어떤 말을 하는가? 그런 목소리를 궁금해하거나 알아가는 과정이 글쓰기에 도움이 될 수 있다. 머릿속에서 울려대는 비판적 목소리를 글로 써 내려가면 쓰라린 고통이 다소 누그러질 수 있다. 페이지 상단에 "무엇을 원하는가?"라고 적고, 그저 손이 움직이는 대로 내버려 둔다. 목소리의 동기를 찾아내면 어느 정도 안도감이 들 수 있다.

흔히 머릿속 비판적 목소리는 어린 시절 우리 자신을 보호하거나, 이제는 구원의 손길이 필요 없는 것으로부터 우리를 구하려 애쓴다. 그런 의도를 간파한다면 "고마워. 지금의 나는 더 이상 보호하지 않아도 돼"라고 하거나 혹은 "도와주려는 마음은 알지만 네가 막대기로 내 머리를 후려치고 나더러 쓰레기라고 말하면 온몸이 경직되어 일을 끝까지 해낼 수 없거든. 그러니 좀 상냥하게 말해주겠니?"라고 말한다. 아니면 머릿속 볼륨 스위치를 찾아 소리를 줄이는 상상을 해보는 것은 어떨까? 때로 머릿속 목소리에게 입을 다물라고 말하는 것이 도움이 되는 순간도 있다!

자기 회의는 완전히 뿌리 뽑을 수 없다. 시간이 지나면서 나는 귀에 대고 지껄이는 원숭이를 발밑에서 곤히 잠든 사랑스러운 노견 래브라도라고 생각하게 되었다. 이 문제를 해결하는 방법은 글쓰기밖에 없다. 행동은 두려움을 치유한다. 어쩌면 아무도 당신 책을 읽고 싶어 하지 않을 수 있지만 책을 써보지도 않고 무슨 수로 그것을 알겠는가?

# 마음속 깊이 간직한 이야기 들추기

나는 콘월주 프렌치맨스 크리크 바로 위에 자리한 아름다운 고대 농가 케슬 바턴 ^Kestle Barton^에서 글쓰기 강의 수강생들과 함께 있다. 바깥으로 돌계단을 내고 헛간을 개조해 만든 '애플 스토어'라는 방에서 우리는 글쓰기와 삶을 가로막는 것들에 대해 이야기한다. 별 도움이 안 되는 신념이 자기도 모르는 사이 어떤 방식으로 켜켜이 쌓이는가? 이런 신념은 어떻게 마음속에 스며들어 우리를 앞으로 나아가지 못하고 멈칫거리게 하는가?

나는 "글쓰기가 아닌 다른 예를 들어볼게요"라고 말문을 연다. 아들 맷을 임신했을 때 예정일을 이 주 넘겨 유도 분만을 시도한 끝에 결국 응급 수술로 제왕 절개를 했던 경위를 설명한다. 수술이 끝나고 마취에서 깨어나지 못해 의식이 몽롱한 채로 침대에 누워 있는데 의사가 다가왔다.

"자연 분만으로 출산하지 못했다고 언짢아하지 마세요. 골반이 좁아 아기가 질을 통해 빠져나올 수 없었어요. 옛날 같으면 애 낳다가 죽었을 겁니다."

의사는 나를 위로하기 위해 건넨 말이겠지만 정작 나는 현대 의학의 도움 없이 출산하려면 목숨을 걸라는 이야기로 들렸다. 늘 상상력이 지나쳐 세상의 종말이 코앞에 닥쳤다고 생각하는 나는 맷을 돌보려면 몸을 사려야겠다고 무의식적으로 마음먹었다. 혹시나 내가 아이를 낳으러 병원에 갈 수 없을 때를 대비해 아이를 또 갖는 위험한 일은 하지 않기로 했다. 병원에 못 가면 내가 죽을 테고, 맷은 오롯이 혼자 남겨질 테니 말이다.

다들 고개를 끄덕인다. 수강생 루이즈는 엄마가 책을 쓰려고 결심하고 얼마 후 바로 세상을 떠났다는 말을 꺼낸다. 루이즈는 책을 쓰는 일이 엄마를 죽음으로 내몰지 않았다는 사실을 머리로는 알지만, 마음 한구석에서는 이런 사실들이 한데 뒤엉켜 책 쓰기가 위험한 일처럼 느껴진다고 털어놓는다. 이어서 누군가가 말한다. 자신은 늘 지나치게 많은 일을 떠맡으면 안 된다는 생각을 품고 살았다고 한다. 아버지가 과로로 심장마비를 일으켰다는 말을 엄마가 입에 달고 살았기 때문이란다.

또 다른 누군가는 내게 아이가 있는 것이 글쓰기에 도움이 되는지 아니면 방해가 되는지 묻는다. 나는 "재미있는 질문이군요"라고 응수한다. "아들은 『안녕, 매튜』를 쓴 강력한 동기였어요. 나는 아이를 위해 봄맞이 대청소하듯 나 자신을 심리적으로 말끔히 닦아내고 싶었어요. 하지만 아이가 자랄수록 내가 쓴 글 때문에 마음이 상하거나 혹은 영향을 받을까 봐 걱정

돼요. 부모 노릇의 어려움, 정체성이 흔들릴 때 생기는 감정, 걸핏하면 밀려드는 지겨움, 아이를 너무나 사랑하지만 그렇다고 항상 곁을 지키는 아들 바보 엄마가 되고 싶지 않은 불편한 마음이 그 책에 담겨 있어요. 그런데 어느 날 갑자기 내가 버스에 치여 감사할 줄 모르는 이 모든 마음만 글로 남으면 어떻게 될까요?"

나를 쳐다보는 얼굴들에 다정함이 묻어난다. 나는 기분이 한결 좋아지고 마음이 가벼워진다. 엄마로서 떠안은 사랑과 책임과 지겨움이 뒤섞인 복합적 감정에 빠져 얼마나 허우적댔는지 털어놓는다. 그래도 세상은 끝나지 않았다. 마음이 날아갈 듯하다. 그런 혼란스러운 감정에 빠져 허우적대는 내 모습이 시시하고 시대에 뒤처진 것 같다. 맷이 어릴 때는 그런 위험을 감수하고 싶지 않았다. 어쩌면 아이는 내 진짜 모습을 기억하지 못할 수 있다. 그럼 지금은? 심지어 맷에게 그것을 설명하는 내 모습이 눈에 선하다. 내가 아들 방 정리를 돕는 것보다 글쓰기에 대해 이야기하는 것을 더 좋아한다는 사실이 맷에게 그다지 큰 충격은 아닐 것이다. 나를 바라보는 맷의 눈빛이 그려진다. "걱정 붙들어 매세요, 엄마. 엄마는 노는 것보다 차라리 글쓰기로 수다를 떠는 걸 더 좋아하잖아요. 뭐, 그 정도는 괜찮아요."

나는 무언가 울컥한다. 입술을 달싹이며 주저하다 거침없이 이야기를 쏟아낸다. 말머리를 바꾸어 사람들 앞에서 전문가다운 면모를 보이며 미지의 영역을 탐험하는 일에서 빠져나올 수도 있지만, 수강생들과 나 자신을 신뢰하기 때문에 이야기에 몰두하기 시작한다. "문맹 퇴치 자선단체를 운영할 때 영감을 주는 사례 연구 모음집에 한 남자의 이야기가 실렸어요. 그런데 그는 자신에 대한 언급을 모조리 지워달라고 하더군요." 내 목소리가 갈라진다. "그는 수감 중에 글 읽기를 배운 경험담을 나누고 싶어 했죠. 당시에는 자랑스러운 일이었지만 이제 그 일로 아들이 학교에서 괴롭힘을 당하고 있었어요. 친구들이 구글에서 남자를 검색해서 기사를 찾아냈던 거예요."

나는 잠시 말을 멈춘다. 문득 그와 통화를 하면서 수화기 너머로 전해졌던 슬픔이 떠오른다. 애끓는 마음을 누를 길이 없다. "그 남자를 도우려다 이제야 깨달은 게 있어요. 아이들이 부모의 일로 상처를 받을 수 있다는 거예요. 맷이 점점 커가면서 내가 한 일 때문에 놀림을 받을 수 있다는 생각이 들었어요."

방 안에는 적막이 감돈다. 눈시울이 뜨거워진 것은 나뿐만 아니다. 우리는 모두 사랑이라는 짐의 무게를 느낀다.

"혹시 그런 안타까운 일이 맷에게도 일어날 수 있을까요?" 누군가가 묻는다.

"글쎄요, 아마 그렇진 않을 거예요." 나는 천천히 대답한다.

창문으로 햇살이 쏟아진다. 말 그대로 햇빛 살균제를 고스란히 보여주는 것이다.

"이제 더 이상 오래전부터 시달려온 불량배들의 손아귀에서 놀아나지 않아도 되니, 확실히 굴레에서 벗어난 기분입니다."

우리는 계속해서 삶이 실제로 어떤 위험으로 가득 차 있는지, 우리의 마음은 그런 위험을 발견하고 줄일 수 있도록 설계되어 있는지에 대해 토론한다. 그러나 가장 큰 위험은 앞으로 발생할 수 있는 일에 지레 겁먹고 행동하지 못하는 것이다.

당신의 마음속 깊이 박혀 글쓰기와 삶을 가로막는 장애물은 무엇인가? 장애물을 편안한 마음으로 찾아내 글로 옮기고 햇빛에 소독할 수 있는가?

다음 문장을 완성해보자.

**마음속 깊이 내가 정말 두려워하는 것은 _____.**

# 당신 안의 자질들 발굴하기

우리는 두려움에 당당히 맞섰다! 완벽한 세상에 살고 싶고, 흠 잡을 데 없는 사람이 되고 싶고, 온갖 근심 걱정에 곧바로 답을 얻고 싶은 욕망을 버렸길 바란다. 아니면 적어도 걸림돌을 찾아냈거나 혹은 외로움이 조금 사라졌을 것이다. 우리가 느끼는 두려움은 우리에게만 엄습하는 특별한 감정이 아니다. 두려움을 발견하면 거침없이 글쓰기를 시작하는 자유를 얻을 수 있다.

지금까지 우리는 무엇이 우리의 발목을 잡는지 살펴보았다. 이제 무엇이 우리에게 도움이 되는지 알아보자.

헌신

호기심

관찰

지각

끈기

회복력

꼼짝하지 않고 혼자 있는 시간 갖기

유혹 다스리기

완벽주의 떨쳐 내기

자기 수양

집중

열린 마음

솔직함

장난기

상상력

사생활

이런 자질이 드러나는 과정에 참여하면서 즐거움을 찾는다면 글쓰기에 도움이 될 것이다. 우리는 아는 것이 부족하다는 난처함을 묵묵히 견뎌낼 수 있을까? '나는 왜 이리 멍청해서 이런 것도 못 하지?'가 아니라 '내가 무언가 새로운 것을 배우려 하다니 가슴이 두근거리는데?'라고 생각한다. 자신을 이제 막 걸음마를 시작한 사랑스럽고 통통한 아기, 혹은 비틀비틀 첫걸음을 떼는 크고 아름다운 눈을 가진 어여쁜 망아지라고 상상해 본다.

언제나 글을 쓰는 것보다 다른 일을 하는 것이 더 수월하다.

현대사회에는 우리의 관심을 끄는 일이 가늠하기 어려울 만큼 많다. 이런 유혹과 산만함을 이겨낼 수 있다면 우리는 무엇이든 시도할 수 있다. 나는 내 글을 연민의 대상으로 바라보고, 지나치게 책망하지 않으려 노력하는 한편으로 신념을 가지고 단련하려 부단히 애쓴다.

위의 목록에는 자기 신뢰를 넣지 않았다. 그 이유는 내가 아는 수많은 작가 중 자신을 믿는 사람을 거의 찾아보기 힘들기 때문이다. 능력이 닿는다면 자기 신뢰를 키워보는 것도 가치 있는 일이다. 기쁨도 까다로운 녀석이지만 위의 목록에 추가할 만하다. 어두운 감정을 묵묵히 견뎌낼수록 기쁨에 한층 더 가까이 다가갈 수 있다. 이외에 글쓰기에 도움이 되는 자질 목록에 추가하고 싶은 항목이 있는가?

이런 자질을 연마하고 능력치를 끌어올리고 되새긴다. 이 가운데 마음에 와닿는 것들은 예쁜 종이에 다양한 색깔의 펜으로 마인드맵을 그리거나, 목록을 작성해 책상이나 노트에 붙여놓는다. 당신에게 꼭 필요한 것들이다.

이런 노력에는 어마어마한 보상이 따른다. 글쓰기는 당신을 끝없이 다른 세계로 데려다줄 힘을 가진 옷장이 딸린 방에 들어가는 것과 같다. 글을 쓰는 행위는 열쇠로 방문을 여는 것이다. 만약 당신이 조바심이 나서 안절부절못하고 간식을 먹기 위해 부엌을 들락거린다면 문은 계속 닫혀 있을 것이다. 그런 세상 안에 있는 것들은 수줍음이 많아, 당신이 휴대전화를 보거나 라디오 뉴스를 듣는다면 나오지 않을 것이다. 무엇 때문에 나오고 싶겠는가? 당신은 가만히 앉아서 글을 써야 문을 열 수 있다.

# 흐름을 막지 않기

아이디어가 떠오르거나, 영감을 얻거나, 아니면 소소한 즐거움을 선사하는 흥미로운 일이 생긴다. 우리는 그것을 즐기며 노트에 무언가를 적다가 이내 튀어나오는 질문과 걱정거리에 정신이 산만해진다. "아, 그건 결혼 생활에 대한 거잖아. 어린 시절 이야기를 책으로 쓰려고 했는데." "너무 어두운/가벼운 내용이야. 지나치게 우울한/시답잖은 이야기라 아무도 읽고 싶어 하지 않겠지." 혹은 "다른 일을 하고 있는데 어떻게 틈새를 노려 글을 써야 할지 모르겠어. 어디에다 기록해야 할지도 모르겠고." 심지어 "일기장에 쓸까? 아니면 새로 내려받은 앱에다가 입력할까?"

우리는 자신을 표현하고 싶은 충동을 느끼기 무섭게 걸림돌이 되는 걱정과 의심에 휩싸인다. 방법과 이유를 찾는 온갖 질문과 마음에 걸리는 일들로 생각이 마구 뒤엉켜 그 아름다운 충동을 잃는다. 여기서 우리가 해야 할 일은 흐름을 막는 벽 쌓기를 멈추는 것이다.

# 회고록 방정식 쓰기

당신의 경험이 녹아든 이야기의 특별함을 믿어야 한다. 똑같은 손가락 지문이 없듯 똑같은 이야기도 없다. 당신이라는 사람이 직접 겪은 일이어야만 마법 같은 힘이 생긴다.

**당신 + 경험 = 이야기**

# 산만함의 유혹 뿌리치기

나의 글쓰기 비밀을 하나 공개하겠다. 나는 책이 무엇인지 알고 난 뒤부터 줄곧 책을 쓰고 싶어 했으며, 이후 책과 독서에 빠져 살고 있다. 나는 글을 쓰기 위해서라면 어떤 희생도 마다하지 않는다. 밖에 나다니는 것을 좋아하지만 집에 틀어박혀 글을 쓴다. 술기운이 돌면 글을 쓸 수 없다는 것을 알고 술도 끊었다. 내게 글쓰기는 일종의 강박이고, 일의 우선순위다.

하지만 그 모든 욕망에도 불구하고 나는 늘 글쓰기보다 다른 일을 더 하고 싶어 한다. 침대에 누워 조젯 헤이어(제인 오스틴에게 영감을 받은 영국 작가로, 1921년 동생의 이야기를 담은 소설 『검은 나방The Black Moth』을 출간하면서 작가로서 첫발을 내디뎠다-옮긴이)의 작품을 다시 읽고, 단것을 먹는 것이 언제나 글쓰기보다 더 쉬운 일이다. 글을 쓰는 일보다 글을 썼다는 사실이 더 좋다. 나는 글을 쓰고 싶은 마음이 절대 생기지 않을 거라는 사실을 받아들인 뒤 삶이 한결 편안해졌다.

늘 그렇듯 시작하는 것이 문제다. 일단 시작하면 그대로 밀고 나가면 된다. 그 두 가지를 동시에 하면 즐겁다. 하지만 두 마리 토끼를 어떻게 잡을지 머리를 싸매고 고민해야 한다. 의식적인 노력을 기울여야 하는 것이다. 뿌리치기 힘든 유혹과 정신을 산만하게 하는 것들로 가득 찬 세상에서 의욕만으로는 부족하다. 나는 어떤 일이든 끝까지 해내기 위해 나 자신을 옭아맨다. 그렇지 않으면 반짝이는 것에 현혹되어 정신 나간 까치처럼 굴기 때문이다.

중요한 것은 현실을 있는 그대로 받아들이는 일이다. 만약 내가 재능이 있다면, 머리가 매우 좋다면, 모든 일이 순조롭게 풀릴 거로 생각하지 않는다. 창의적인 노력에는 끊임없이 공을 들이는 과정이 뒤따른다. 이 사실을 인정하면 앞뒤 재지 않고 몸을 던져 일에서 재미와 만족을 얻을 수 있다. 글쓰기는 지적이고 정서적인 극기 훈련과 같다. 공원에서 산책하는 것을 기대했다가 글쓰기가 애초 생각과 다르다고 충격을 받아 포기하기보다 강도 높은 훈련을 각오해야 한다.

# 얼마간 바깥세상과 단절되기

마음챙김과 창의성을 다룬 책에서 읽은 실험이다. 두 그룹의 학생들에게 쥐가 되어 미로를 통과하는 과제를 주었다. 한 그룹은 한가운데 놓인 치즈 조각에 도달하는 방법으로 미로를 통과하게 했고, 다른 그룹은 무시무시한 올빼미를 피해 달아나는 방법으로 미로를 빠져나가게 했다. 그런 다음 두 그룹 모두에게 창의적인 문제를 풀게 했다. 실험 결과, 치즈를 찾아다닌 그룹이 올빼미를 피해 달아난 그룹보다 훨씬 더 좋은 성과를 올렸다. 올빼미에게 쫓기던 그룹은 실험을 마친 뒤에도 여전히 겁에 질려 있었다.

공포에 질리면 우리 뇌 일부가 작동을 멈춘다. 다른 사람에게 작품을 내보이는 것이 그리 간단한 일이 아닌 이유가 여기에 있다. 모든 것은 우리에게 쏠리는 관심을 기분 좋게 받아들일지, 공포로 여길지에 달려 있다. 세상의 관심을 자극제로 여기는 사람들—여기에 해당한다면 계속 즐기면 된다—도 있지만 두려워하는 사람들도 있다. 글 쓰는 과정에서 다른 사람들의 반응을 너무 일찍 접하면 두려움에 휩싸여 온몸이 경직되기 때문에 글을 쓸 수 없다. 사람들의 반응은 몸집이 거대하고 무시무시한 올빼미 형상을 하고 있기 때문이다. 독자는 결국 치즈로 바뀌긴 하지만 그것은 어디까지나 한참 후에 일어나는 일이다.

회고록 쓰기에서 가장 중요한 것은 언제 무엇을 걱정해야 하는지 아는 일이다. 만약 내가 나중에 해야 할 일을 하나하나 세심하게 살폈다면 『안녕, 매튜』를 절대 못 썼을 것이다. 그 작품은 서랍으로 갈 운명이라고 나 자신에게 말함으로써 나는 사생활을 지키고 숨 쉴 공간을 마련할 수 있었다. 글쓰기 초기에는 세상과 단절되어야 하는 반면, 마지막에는 세상과 연결되어야 한다. 심지어 서평이나 칼럼 같은 짧은 글도 쓰다가 막히면 대개 마지막 단계—사람들이 어떻게 생각할까?—에 지나치게 신경 쓰기 때문이다. 이런 습관은 생각과 감정을 글로 옮기는 데 걸림돌이 된다. 반면에 기본으로 돌아가 머릿속에 떠오르는 대로 거침없이 쓰기 시작하면 글의 틀이 잡히고 이후에 고치고 다듬어 정교하게 만들 수 있다.

가장 중요한 것은 일단 시작해 몇 단어를 종이 위에 적는 데 익숙해지는 일이다. 이때 우리의 발목을 잡는 방해 요인은 일을 그르치고 있다는 걱정과 사람들의 시선을 의식하는 데서 오는 두려움이다. 이 두 가지 거대한 마음의 짐을 잠시 내려놓으면 결과에 대한 불안과 칭찬에 대한 욕구와 비판에 대한 두려움에서 벗어나 창의력을 발휘하며 지금, 이 순간을 즐길 수 있다. 글을 쓰는 행위가 마법 같은 힘을 발휘할 수 있도록 어떤 감정에도 얽매이지 않고 사람들의 평가에 거리를 두어야 한다. 사생활을 보장받으면 우리가 걱정하는 모든 것을 잠시 내려놓을 수 있으므로 글쓰기에만 전념할 수 있다.

그렇다면 치즈는 무엇일까? 그것은 우리의 창의적이고 장난기 많은 면에 다가가는 일이다. 바짝 얼어붙은 설치류 같은 인상을 풍기기보다 차분하고 호기심 가득하고 자비로운 행복감을 느끼는 상태가 되는 것이다. 우리는 끝없이 다른 세계로 데려다줄 옷장까지 걸어가 문을 열 수 있다.

# 독자 지우기

걱정하지 말라! 독자는 나중에 다시 살려낼 수 있다. 나는 독자가 있다는 것이 이루 말할 수 없이 좋다. 내 작품을 읽고 반응해주는 사람들이 있다는 것은 내 삶의 큰 특권이다. 그러나 글쓰기 초기 단계에서는 독자를 머릿속에서 지우려 애써야 한다. 그렇지 않으면 글을 쓸 수 없다. 초기에 쓴 글은 너무 허술해서 사람들에게 내보이기 어렵다. 혹시나 자신이 독자의 기분을 상하게 하거나, 특권의식에 젖어 있을까 봐 신경 쓰인다. 옳지 못한 일을 하거나, 주변 사람들을 속상하게 하거나, 전혀 모르는 사람들을 화나게 할까 봐 두렵다.

내가 초고를 쓰는 방법은 딱 하나다. 글쓰기 과정의 약 90퍼센트를 거치는 동안 누구라고 할 것 없이 모두가 저세상 사람들이라 상상하는 것이다. 이는 다소 극단적인 비유다. 시간이 지나면서 더 부드럽게 발전시킨 비유는 등대다. 나는 나 자신을 바다 한가운데 떠 있는 등대라고 상상한다. 그 안에는 느긋하게 목욕을 즐길 수 있는 근사한 욕실과 궁전 같은 호화로운 서재를 비롯해 다양한 방이 갖추어져 있다. 나는 방마다 가구를 비치하면서 느긋한 기분으로 한껏 즐겁게 지낼 수도 있다. 중요한 것은 내가 안전하고 세상과 단절되고 사방이 바다로 둘러싸인 상태며, 등대에 불을 켤지 말지와 언제 불을 밝힐지는 전적으로 내가 결정한다는 점이다.

이제 우리는 두려움을 떨쳐 내고, 괜찮다며 자신을 다독이고, 하고 싶은 이야기를 탐색할 수 있다. 모르는 것에 대한 불편한 감정을 견뎌내고, 삶을 종이 위에 옮기면서 자신을 파헤치다 보면 결국 독자를 떠올리고 등대에 불을 밝힐 때 더 좋은 글을 쓰게 된다는 사실을 깨닫게 된다.

# 2부

# 채굴하기

Write It All Down

# 나의 도구 상자

내가 자주 사용하는 글쓰기 도구들이 담긴 상자를 열어보겠다.

## 마인드맵

우리는 두려움을 살펴볼 때 이미 마인드맵을 경험했다. 나는 마인드맵이 선형적이고 논리적인 것으로부터 탈출을 시도하기 때문에 좋아한다. 종이 한가운데 단어나 아이디어 혹은 주제를 써넣은 다음, 거기서부터 가지를 뻗어나간다. 그렇게 계속하다 보면 종종 새로운 단어를 하나 골라 새 종이 한가운데 써넣고 싶어진다.

마인드맵은 서로 뚜렷하게 구별되지만 관련되어 있는 아이디어를 포착하는 데 효과적인 도구다. 문장으로 쓰지 않아도 되니 오롯이 내용에만 집중하는 해방감을 맛볼 수 있다. 아이디어나 주제를 종이 위에 시각적으로 나타내는 것은 사고를 발전시키는 데 유용한 방법이다. 이미 알고 있는 것을 지도로 그리면서 기억을 파고들다 보면 패턴과 관련성이 보인다.

## 목록

나는 마인드맵과 함께 목록을 작성하는 것을 좋아한다. 목록을 적다 보면 의미를 생각하거나 설명해야 한다는 압박감과 책임감에서 벗어나 아이디어와 콘텐츠를 얻을 수 있다. 하나둘 써 내려가다 보면 차곡차곡 쌓이는 목록의 특성도 좋다.

## 자유 글쓰기

이는 문법과 형식의 구애를 받지 않고 의식의 흐름에 따라 자유롭게 글을 써 내려가는 기법을 말한다. 아름다운 산문을 짓거나, 기발한 단어나 인상적인 표현을 사용하려 애쓰지 않고 느슨한 문장으로 표현하는 행위다. 그저 종이 위를 가로지르며 펜을 움직이거나 손가락으로 키보드를 두드려대기만 하면 된다. 무엇을 써야 할지 모르겠다면 그냥 무엇을 써야 할지 모르겠다고 쓴다. 양질의 글을 써야 한다는 기대를 낮추는 행위가 우리를 자유롭게 탐색하고 마음껏 뛰어놀게 해준다. 나는 모든 글을 자유 글쓰기 형식으로 쓰려고 노력한다. 지금 당장 시도해보라. 종이를 펼치고 다음 문장을 완성해본다.

내가 이 책을 산 이유는 _____.

## 프롬프트와 질문

나는 글을 쓰거나 강의를 할 때 프롬프트prompt(어떤 이야기를 하도록 유도하기 위해 사용하는 도움말이나 힌트 등을 말한다. 우리 말로 하면 '운을 뗀다'라고 할 수 있다-옮긴이)와 질문을 자주 사용한다. 백지에서 시작하는 것보다 묻거나 요구하는 것에 대답하는 쪽이 훨씬 글을 풀어나가기 쉽고 흥미진진하기 때문이다. 이 책을 읽다 보면 이런 것들을 자주 접하게 될 것이다.

## 시간제한 글쓰기

이는 시간이 넉넉하지 못한 사람과—아무리 바빠도 5분은 낼수 있다—시간이 차고 넘치는 사람 모두에게 제격인 도구다. 만약 세 시간이 주어진다면 처음에는 5분 이상 의자에 앉아 안절부절못하다가 커피를 한잔해야겠다, 잠깐 다른 일부터 처리해야겠다, 인용문을 찾거나 사실관계를 파악해봐야겠다며 덧없이 시간을 흘려보낸다.

　시간제한은 글쓰기에 대한 두려움을 가라앉히고 일을 미루는 습관을 개선하는 데 효과가 좋다. 시간을 제한하면 놀랄 만큼 많은 것을 이룰 수 있다. 하지만 제한된 시간을 어떻게 활용할지 미리 계획을 세워두지 않는다면 귀중한 시간을 낭비할 우려가 있다. 나는 이 점을 뼈저리게 느꼈다. 또 직장에 휴가를 냈거나, 아이를 다른 사람에게 맡겼거나, 오두막까지 빌렸지만 막상 행동에 나서야 하는 순간 극심한 공포가 몰려왔다고 말하는 사람들과 함께 일하곤 한다. 그들은 기대감의 무게에 짓눌려 부담을 느꼈고, 불안에 휩싸여 창밖을 내다보거나 혹은 휴대전화만 뚫어지게 쳐다보면서 하염없이 시간을 흘려보냈다.

글을 쓸 때 휴대전화를 사용해 시간을 재는 일은 자칫 주의가 산만해질 수 있으므로 피하는 것이 좋다. 나는 모래 색깔이 제각각 다른 에그 타이머(달걀 삶는 시간을 재는 모래시계-옮긴이) 세트를 가지고 있다. 글쓰기 연습용으로는 5분짜리 타이머와 15분짜리 타이머를 사용한다. 때로 한 시간이 훌쩍 넘도록 글을 쓸 때도 많은데, 설정해둔 시간이 다 되어도 글쓰기를 절대 멈추지 않는다. 타이머는 단지 시작을 위한 도구에 불과할 뿐이다. 15분 타이머는 하기 싫은 일이 있을 때 특히 유용하다. "내일 아침 눈뜨자마자 그 일을 하는 데 15분을 줄게"라고 말하면 하기 싫은 일을 시작하는 데 필요한 추진력을 얻을 수 있다.

몰입하는 데 다소 시간이 걸리는 작업을 할 때는 30분 타이머를 사용한다. 가령 휴식기를 끝내고 새 프로젝트에 들어갈 예정인데 일주일 동안 아침마다 글을 쓰고 싶다고 해보자. 나는 매일 아침 두 시간을 온전히 글쓰기에 쏟아부을 것이다. 한 시간 동안 30분짜리 타이머를 두 번 뒤집고 나면 자리에서 일어나 스트레칭을 할 것이다. 빈둥거리거나 남편에게 말을 걸거나 우편물을 뜯어보지 않는다면 그 시간에 커피를 한잔할 수 있다.

그런 다음 다시 타이머를 뒤집는다. 그렇게 네 번 뒤집으면 끝이다.

두 시간은 내가 나에게 엉덩이를 떼지 않고 일하도록 요구하는 작업 시간이다. 두 시간을 넘겨 계속하고 싶고 또 종종 그렇게 하기 때문이다. 이 기법 덕분에 내 글쓰기 삶이 덜 고통스러워졌다. 글을 쓰는 시간을 미리 정해둠으로써 내가 몸을 움직여도 되는 순간까지 잠시 쉬어야 한다느니, 목을 축여야 한다느니, 가서 다른 볼일을 봐야 한다느니 하며 나를 설득하는 머릿속 목소리들을 무시할 수 있었다. 일단 작업에 빠져들면 타이머가 필요하지 않다. 지금 하는 일에 즐겁게 몰입하고 있는데 타이머를 뒤집을 새가 있겠는가. 궁극적으로 이것을 원하지만, 글쓰기가 뜻대로 되지 않으면 다시 타이머를 찾아야 할 것이다.

시간제한 기법은 명상하는 데 적용해도 좋다. 나는 욕조에 몸을 담글 때 이따금 30분 타이머를 맞춘다. 책을 들고 욕실에 들어가면 시간 가는 줄 모르기 때문이다.

### 노트

나는 항상 노트를 몸에 지니고 다닌다. 노트는 휴대하기 편해야 하므로 A4 용지 크기를 선호하지만 일상적으로 쓰는 것은 A5 용지 크기를 좋아한다. 질 좋은 종이를 선호하지만 마음이 불편할 정도로 고급스러운 것은 꺼린다. 대게 서점 문구 판매

대에서 사며, 때로 스케치북이나 악보를 활용해 색다른 시도를 해보기도 한다. 프랑스에 살 때 산 모눈노트를 특별히 아낀다. 그 노트의 어디에 그토록 마음이 끌리는지 나도 모른다. 나는 마음에 드는 다양한 노트를 찾는 일을 너무 좋아해 제발 그런 노트를 발견하지 않길 바랄 때도 있다.

## 넓은 공간

나는 큰 종이를 벽에 붙여 놓고 마인드맵을 그리는 것을 좋아한다. 나는 접착 시트가 부착된 탁상용 플립차트 패드와 벽에 붙이는 마법의 화이트보드를 갖고 있다. 그것들은 내가 제대로 이해하지 못하는 내 마음을 지도로 그리고 내 생각을 눈앞에 펼쳐 보이는 데 무척 요긴하게 쓰인다. 지금 내 방을 둘러보니 이 책을 위해 만든 것—한가운데 '책 쓰기'라고 적혀 있다—과 내가 쓰고 있는 소설을 위해 만든 것이 벽에 나란히 붙어 있다. 글감을 적어두기 위한 것과 인용문을 모아두는 것도 따로 있다.

　나는 놓치고 싶지 않은 생각이 떠오르면 밤에 자다가도 일어나 이 방에 들어와 벽에 적은 다음 다시 잠자리에 든다. 무언가를 끄적거리는 용도로 책상 위에 두는 말풍선 모양의 초대형 종이와 A3 용지 크기의 스케치북도 갖고 있다.

　궁극적으로 내가 꿈꾸는 것은 사방이 온통 하얗게 칠해진 방이다. 벽 전체에 글을 쓰다가 작업하던 책이 출간되면 다음 책

을 준비하기 위해 다시 페인트를 칠할 것이다. 언젠가는 꼭 시
도해보리라.

## 알록달록한 것들

나는 내 안에 있는 다른 사람의 시선을 의식하며 불안해하는
면보다 호기심 많고 어린아이 같은 면을 의도적으로 자극하길
좋아한다. 그래서 마인드맵이나 자유 글쓰기를 할 때 알록달록
한 사인펜이나 색연필을 자주 사용한다. 포스트잇은 색깔별로
갖추어놓고 인용하고 싶은 문장이나 기억하고 싶은 단어를 적
어 여기저기에 붙여 둔다. 나 자신도 알록달록한 것을 좋아하
는 내 취향이 당황스럽고 사람들이 비웃을까 봐 두렵다. 최근
소설가 힐러리 맨틀이 다양한 색깔의 색연필을 활용하고 화이
트보드에 그림을 즐겨 그린다는 인터뷰를 보고 그렇게 기쁠 수
가 없었다. 물론 내가 설교한 것을 실생활에 옮긴다면 맨틀의
허락이 떨어질 때까지 기다릴 필요가 없지만, 나는 여전히 주
저한다.

## 프로젝트

나는 진행 중인 작업을 설명할 때 '프로젝트'라는 단어를 즐겨
쓴다. 이 단어를 사용하면 프로젝트가 대부분 재미있고 자유롭
게 선택할 수 있는 과제였던 학교가 떠오른다. 프로젝트는 '책'

이라는 단어보다 덜 무시무시하고 마인드맵, 낙서 그리고 우리 안에 여전히 존재하는 온갖 것들을 포함해 모든 것을 아우르는 단어다. 내면을 파고드는 행위와도 잘 어울리는 표현이다.

지금까지 설명한 내용을 명심하면서 노트를 펼치고 괜찮다면 타이머를 맞춘 뒤 다음 문장을 완성해보자.

내가 쓰고 싶은 것은 _____.

그것을 쓰고 싶은 이유는 _____.

나의 발목을 잡는 것은 _____.

그 모든 것을 제쳐두고 하고 싶은 일은 _____.

# 매일 글쓰기를 위한 현실적인 방법들

누구에게도 말 못 할 감정을 떨쳐 내게 해준 것은 언어였다.
- 엘레나 페란테

가장 먼저 권하고 싶은 일은 하루도 빼놓지 않고 매일 글쓰기를 연습하는 것이다. 이는 달리기 전에 준비 운동을 하거나, 작곡을 하기 전에 피아노에 앉아 음계를 연주하는 것과 같다. 우리는 준비 운동을 하며 손가락과 마음의 근육을 풀고, 자신에 대한 기대를 낮출 필요가 있다. 매일 글쓰기는 모닝 페이지(매일 아침 눈을 뜨자마자 머릿속에 떠오르는 생각을 자유롭게 써 내려가는 행위-옮긴이), 낙서하기, 일기 쓰기 등 부르고 싶은 대로 자유롭게 불러도 좋다.

나는 아침에 일어나 가장 먼저 글쓰기를 하는데 그것이 내 생활 방식과 잘 맞기 때문이다. 나는 잠에서 반쯤 깬 상태를 좋아한다. 아침에는 집중이 잘 되므로 버지니아 울프가 '내 머릿속의 정수the cream of my brain'라고 일컫는 것을 허투루 쓰지 않기로 다짐한다. 나는 주중에 매일 글쓰기를 하는 것이 목표다.

2017년 여름부터 이 일을 계속하고 있는데 마침 술을 끊던 찰나였다. 그전에는 어떤 계획을 세우더라도 술 앞에서 여지없이 무너졌다. 숙취가 너무 심해 걸핏하면 나와의 약속을 어겼다.

매일 글쓰기는 노트에 적어야 할까, 컴퓨터에 써야 할까? 나는 지금 노트북을 사용하고 있다. 임신 기간에 손에 문제가 생겨 펜을 쥐고 오랫동안 글을 쓰는 것이 힘들기 때문이다. 마음대로 선택할 수 있다면 노트에 글을 쓰고 싶다. 단어들이 종이를 가득 메우는 광경은 굉장히 매력적인 무언가가 있기 때문이다. 한 권 두 권 노트가 차곡차곡 쌓이는 것도 좋다.

기기를 사용해 글을 쓸 때 유의할 점은 인터넷이나 이메일을 열어보지 않도록 자제력을 길러야 한다는 것이다. 글을 쓰다가 도중에 옆길로 빠지지 않도록 도와줄 소프트웨어를 구매하는 것도 한 방법이다. 경계를 정하고 엄격하게 지켜 나간다면 효과를 톡톡히 볼 수 있다. '서재에서는 바깥세상과 연결하지 않는다.' '집에 있을 때는 정오 전까지 바깥세상과 연결하지 않는다.' 이 두 가지 규칙은 내가 일상적인 훈련과 매일 글쓰기를 할 수 있도록 집중력을 높여준다. 만약 인터넷이나 이메일의 유혹을 뿌리치기 어렵다면—당신이 버텨내지 못하게 하려고 많은 행동경제학자가 매우 열심히 일하고 있다는 사실을 잊지 말라—컴퓨터 대신 노트에 글을 적어본다. 어쩌다 내 안의 시스템이 고장이라도 나면 자기 자신에게 반기를 들고, 들뜨거나 불안한 마음을 가눌 길이 없어 시도 때도 없이 이메일을 확인하거나 은근슬쩍 뉴스를 훑어보고 있을 것이다. 이런 일은 결코 일회성에 그치는 법이 없다. 나쁜 습관이 걷잡을 수 없이 늘어나고 결국에는 다시 마음을 다잡아야 한다.

융통성을 발휘해 자신의 생활 방식에 자연스럽게 녹아드는 방법을 찾아내야 한다. 예전에는 내 방도 없고 맷보다 일찍 일어난 적도 없어서 지금처럼 매일 글쓰기를 할 수 없었다. 눈을 뜨면 언제나 맷이 옆에 있어 '이제 아침인가?' 하고 일어났다. 당시 나는 출근길에 지하철 안에서 자리에 앉아 노트에 글을 썼고, 자리에 앉지 못할 때는 점심시간을 틈타 그날 몫의 글쓰기를 완수했다. 여행을 갈 때는 되도록 글쓰기로 하루를 시작하려 애쓰지만 항상 뜻대로 되는 것은 아니었다. 바쁜 탓에 며칠씩 글쓰기를 건너뛰면 그때마다 아쉬운 마음이 들었다. 나는 글쓰기를 내 영혼을 돌보기 위해 일상적으로 하는 매우 중요한 의식이라 여긴다.

머뭇거리느라 시간을 낭비하지 않으려면 세부 사항은 미리 정해두는 것이 좋다. "아, 맞다. 글쓰기를 해야 하는데, 시간은 얼마나 들여야 하나? 어디에 쓰는 게 좋을까? 휴대전화에 쓸까?" 이렇게 망설이다 보면 에너지가 빠져나가고 창의성이 고갈되며 차일피일 미루기 위한 핑계가 끝없이 생긴다. '괜찮은 노트를 하나 장만하고/인터넷 차단 소프트웨어를 검색해보고/인체 공학적 펜을 찾아보고 나서 쓰지 뭐.' 이런 이유로 무엇을 어떻게 할지 미리 계획을 세워두는 것이 좋다.

매일 글쓰기는 작게 시작해 규칙적이고 일관성 있게 해야 한다. 매일 1천 자를 쓰겠다고 다짐하고 삼 일째 되는 날 귀찮아서 집어치우느니 하루에 200자씩 꼬박꼬박 쓰는 편이 낫다. 컴퓨터를 사용한다면 단어 수를 기준으로 삼으면 좋다. 노트에 쓰는 경우 노크 크기에 따라 다르겠지만 페이지 수를 기준으로 삼으면 무난하다. 나는 한 줄씩 건너뛰어 쓰고 하루에 세 페이지를 채운다. 물론 시간을 기준으로 하루 글쓰기 분량을 정해도 된다. 하루 15분이면 충분하지만 어떻게 해도 5분밖에 낼 수 없다면 그 시간을 최대한 활용한다. 5분 만에 당신이 해낼 수 있는 일을 살펴보면 깜짝 놀랄 것이다. 우리는 멋들어진 산문이나 날카로운 논평을 쓰는 것이 목표가 아님을 잊지 말아야 한다. 그저 글을 쓰기만 하면 된다.

매일 글쓰기를 할 때 나는 주로 무엇을 쓸까? 삶의 너절하고도 별 볼 일 없는 일들, 직접 하거나 목격한 일들이 뒤섞여 온통 잡탕이 된 이야기들, 머릿속에 떠오르는 소설, 쓰거나 읽고 있는 책에 대한 단상을 글로 옮긴다. 가장 먼저 시간을 적고 글을 쓰기 시작한다. 때로 전날 수면에 대한 감상으로 글을 시작하기도 한다. 불평을 늘어놓는 내용도 많다. 분노를 토해내는 데도 이 은밀하고도 사적인 글쓰기가 사용된다. '식기 세척기'가

무던히도 자주 나오는데, 이는 내가 집에서 늘어놓는 넋두리를 줄인 말이다. 서점에서 일할 때는 짜증 나는 동료와 고객에 대한 글을 쓰곤 했다. 자선단체를 운영할 때는 재정 지원을 둘러싼 스트레스를 글쓰기로 풀었다. 가슴속에 불평불만을 담아두었다가 결국 분노로 터뜨리는 것보다 글로 쏟아내는 것이 훨씬 낫다. 슬픈 감정도 쓰고, 내 삶에서 소중한 사람들을 얼마나 사랑하는지, 그들을 잃을까 봐 얼마나 두려운지도 쓴다. 그렇게 다 쏟아내고 나서 내가 감사하다고 느끼는 이런저런 일을 언급하며 글을 끝마친다.

자신이 꿈꾸는 일이나 날씨에 대한 감상을 써도 된다. 모닝페이지가 온통 시사 문제로 뒤덮여 있다면 미디어를 잠시 멀리하는 것을 고려해보아야 한다. 돌이켜보면 매일 글을 쓰면서 실시간으로 올라오는 뉴스에서 눈을 떼지 못한 채 내가 통제하지 못하는 일로 고민하며 왜 그토록 많은 시간을 흘려보냈는지 의문이다. 글쓰기에 대한 글을 써보는 것은 어떨까. 식스폼 칼리지sixth-form college(대학 진학에 앞서 반드시 거쳐야 하는 영국의 중등교육 과정-옮긴이)에서 연극 과목을 공부할 때 우리는 '작업 일지'를 써야 했다. 작업 일지는 우리가 창작 활동을 해나가는 여정에서 느낀 점을 그때그때 적는 노트였다. 하지만 우리는 일지를 제출하기 바로 전날 글을 몽땅 지어냈다. 내가 쓰고 있는 글과 그것을 어떤 심정으로 쓰고 있는지에 대해 매년 수천 단어썩 쓰고 있는 지금 생각해보면 얼마나 허망하게 날린 기회인지 모른다.

매일 글쓰기는 지난날을 돌아보는 데도 아주 유용하다. 이런 습관은 우연히 익혔지만 지금은 특히 나이 들면서 기억이 변하는 탓에 미래의 내게 줄 선물을 쟁여두기 위해 매일 글쓰기를 실천하고 있다. 방금 아무 페이지를 펼쳤더니 나는 재닛과 함께 글쓰기 강좌를 진행했던 스코틀랜드 켈소 근처의 한 가게에 있었다. 장식용 코끼리 사진을 찍어 맷에게 전송했다고 적혀 있다. 그 소품에는 250파운드에서 150파운드로 할인된 금액이 적힌 가격표가 붙어 있었다. 맷이 답장을 보내왔다. "코끼리 치고는 너무 비싼데요."

내가 중시하는 원칙은 이런 글이 상품이 되어서는 안 된다는 것이다. 심지어 스스로 즐기거나 단순히 재미 삼아 써서도 안 된다. 그 글을 다시 보면서 다른 글쓰기의 소재로 쓰일 만한 가치를 발견하는 데 의의를 두어야 한다. 나는 가끔 나중에 쓸 작품을 위해 매일 글을 쓰기도 한다. 뮤즈가 찾아와 문을 두드리면 그녀를 들어오지 못하게 쫓아 보내지 않는다. 평소 써둔 글에서 한두 단락을 잘라 집필 중인 작품에 붙여 넣는다. 내가 컴퓨터로 글 쓰는 것을 좋아하는 이유가 여기에 있다.

앞서 말한 대로 나는 되도록 주중에 글을 쓴다. 하루도 빠지지 않고 매일 글을 쓰겠다고 굳게 다짐하는 사람들도 있지만 주말만큼은 나 자신에게서 완전히 벗어나고 싶다. 이는 글쓰기가 내게는 일이기 때문이다. 만약 내가 더 관습적인 일을 하고 주중에 정신없이 바쁘다면 주말에만 글을 쓸 것이다. 아침에 글을 못 쓰면 낮에 시간을 내서 쓰는데, 이는 밤에 쓰면 글의 성격이 달라지기 때문이다. 아침에 쓴 글은 관점이 폭넓고 주제와 관련 깊으며 몽환적인 경향이 있다. 또 아침에는 내가 현실과 다소 동떨어져 있는 반면에 저녁 무렵에는 그날 일어난 일로 인해 더 민감하게 반응한다.

때로는 글이 물 흐르듯 술술 풀려 마치 내가 천재라도 된 기분이다. 때로는 단어 하나하나를 힘겹게 쥐어짜내야 해서 작업 속도가 붙지 않는다. 나는 글을 쓸 때마다 한결같이 기분이 더 좋다. 도무지 쓸거리가 떠오르지 않으면 자유 글쓰기와 마찬가지로 쓸 것이 생각나지 않는다고 쓴다. 오히려 속도가 붙지 않는 이때가 막힘없이 글을 쓸 때보다 더 중요하다. 다 내려놓고 날마다 몇 분씩 짬을 내서 글을 쓴다는 것이 별 의미 없는 일처럼 보이지만, 꾸준하고 끈기 있게 하다 보면 엄청난 성과를 올릴 수 있다.

당장 내일부터 매일 글쓰기를 해보는 것은 어떨까? 무엇을 쓸지 미리 정해 노트에 적어둔 다음, 침대에 누워 잠을 청하면서 자신의 의도와 세부 사항을 구상해본다.

내일 아침 6시 30분에 일어나 침대 옆 탁자에 둔 노트를 들고 보라색 펜으로 세 페이지를 채울 것이다.

내일 해가 뜨면 아래층으로 내려가 컴퓨터 앞에 앉아 미리 만들어둔 파일에 500단어를 쓸 것이다.

내일 아이가 잠들면 가장 먼저 타이머를 5분으로 맞추고 새 노트에 글을 쓸 것이다.

내일 퇴근길에 그 카페에 들러 휴대전화에 깔아둔 메모장 앱에 250단어를 쓸 것이다.


별생각 없이 그냥 한 번 해보는 것이다. 될 수 있으면 즐겁게 글을 써라. 즐겁지 않다면 차라리 하지 않는 것이 낫다. 능숙한 솜씨로 유명 작가처럼 번지르르한 글을 쓰려는 마음을 버려라. 자신에 대한 기대를 낮추고 오직 글만 쓴다. 아무것도 적지 않은 백지에 정신이 아득하다면 간단한 문장을 완성하면서 시작해보는 것은 어떨까. 내가 제시하는 문장 이외에도 당신이 직접 찾아서 사용해도 된다.

어젯밤 꿈에 _____.

자, 이제 일어나서 _____.

짜릿한 기분이 들 때는 _____

내 마음을 설레게 하는 것은 눈앞에 _____.

최고의 시간은, 최악의 시간은 _____.

또 시작이군, 또 시작이야 _____.

내 꿈은 _____.

# 감정 목록 작성하기

가끔 매일 글을 쓰는 일이 벅찰 때가 있다. 고통스럽거나 심리적 압박감에 시달리고, 아무 지침도 없이 글을 쓴다는 것이 너무 버겁다. 이럴 때를 대비해 나는 프롬프트로 사용할 질문을 몇 가지 생각해두었다. 시간이 지나고 보니 이 같은 질문에 규칙적으로 답하는 일이 감정 온도를 재고 마음을 힘들게 하는 것을 알아내는 데 효과적인 방법이었다. 처음에는 정신 건강상의 이유로 질문에 답하는 훈련을 시작했지만 곧 글쓰기에도 도움이 된다는 사실을 깨달았다. 질문에 답하면서 서서히 나 자신과 진정한 관계를 맺어나갈 수 있기 때문이다.

단순히 긍정적인 사고는 내게 전혀 먹혀들지 않았다. 내가 좋아하지 않는 것에는 눈길도 주지 않고 저절로 사라지길 바랐지만 결국에는 고민거리를 직시해야 했다. 그렇지 않으면 내 안에서 곪아 터지기 때문이다. 일단 나쁜 것에서 벗어나야 긍정적인 길로 뛰어들어 자유로움을 만끽하며 세상의 좋은 것을 볼 수 있다. 이런 질문에 답하기를 통해 나는 삶이 고단하고도 아름답다는 사실을 받아들이게 되었다.

　심리치료사인 내 친구 클레어는 우리가 느끼는 모든 감정은 정당하므로 힘들고 복잡한 감정을 외면해서는 안 된다고 말한다. 정서 반응으로 우리가 어떤 방식으로 세상의 영향을 받고 있는지 알 수 있으므로 불편할지라도 그런 정보에 귀 기울여야 한다. 그렇다고 부정적인 감정을 마음속에 쌓아놓고 늘 지니고 다니는 것은 좋지 못한 생각이다. 세상을 비관적인 시각으로 바라보고 자신에게 부정적인 말을 되풀이하고 싶진 않을 것이다. 지금 일어나는 상황을 솔직하게 이야기할 수 있어야 궁극적으로 자신에게 솔직할 수 있다. 감정을 판단하지 않고 있는 그대로 받아들이고, 무엇이 살아 숨 쉬고 또 참된 것인지 세밀히 살피며, 자기 경험을 소중하게 여기는 것이 목표다.

　이는 매우 중요한 일이다. 우리는 문화적인 영향으로 알게 모르게 분노는 나쁘거나 여성스럽지 못하고, 슬픔은 나약하고 남성스럽지 못하다는 메시지를 흡수했다. 나는 주기적으로 이 질문에 답하기를 하면서 가슴에 맺힌 응어리를 모두 풀어낼 수 있었다.

　일단 한번 해보면 흥미로운 사실을 발견할지 모른다. 내 경우 화를 낼 때보다 슬픔에 잠길 때 마음이 더 편하다는 사실을 발견했다. 모든 질문에 답할 필요는 없으며 다른 감정을 넣고 싶으면 그렇게 해도 된다.

나는 모닝 페이지보다 이 질문에 답하기를 더 즐겨 한다. 마음이 평온하고 행복할 때는 굳이 그것을 시도하지 않는다. 일부러 기분을 언짢게 하고 싶지 않기 때문이다. 그러나 안절부절못하고 짜증 날 때, 잠을 못 자거나 갑자기 심기가 불편해지는 이유가 궁금할 때 질문에 답하기를 하면 대체로 답을 얻을 수 있다. 마음에 품고 있는 비밀이 우리를 아프게 하는데, 그 아픔을 애써 못 본 척한다면 언젠가 터질 문제를 잠시 묻어두는 셈이다. 처음 이 작업을 할 때는 차마 꺼내놓지 못한 비밀이 마음속에 가득할 수 있다는 사실을 염두에 두어야 한다. 계속하다 보면 차츰 감당하기 쉬워진다.

나는 마음속에 쌓인 오물을 제거한 다음, 더 긍정적인 생각을 이어나갈 수 있도록 새로운 질문을 만든다. 그 질문은 다음과 같다.

뭐가 슬픈 거야?

뭐가 두려운 거야?

왜 화가 난 거야?

왜 질투하는 거야?

뭐가 고마워?

무엇을 손꼽아 기다리는 거야?

다음은 최근 새로 만든 질문이다. 마지막 질문은 약간의 상상력이 필요하다.

만약 _____ 하면 얼마나 좋을까?


아침마다 숙취 없이 깨어나면 얼마나 좋을까?

글쓰기를 즐기면 얼마나 좋을까?

손톱을 물어뜯지 않으면 얼마나 좋을까?

다음 책은 별 탈 없이 착착 진행되면 얼마나 좋을까?

이제 ○○○에 대해 걱정하지 않는다면 얼마나 좋을까?

# 아이스버깅, 빙산의 일각 만들기

당신은 이렇게 말할지 모른다. 잠깐, 아무래도 이건 좀 제멋대로 아닌가? 더 열심히 해야 하는 거 아닌가? 구상 같은 것은 하지 않는가? 이렇게 실없이 내 감정을 지껄이는 것을 누가 읽어줄까? 스토리텔링은 대체 언제 다루는 건가?

나를 믿어라. 글쓰기는 자기 안으로 들어가는 문을 여는 열쇠다. 마음속에서 모든 감정을 꺼내 글로 옮긴다. 당신이 쓴 글이 어딘가로 이어지고 있다는 생각에 안심하고 싶다면 그것을 빙산으로 생각한다. 어니스트 헤밍웨이는 이야기는 빙산의 일각에 불과하지만 작가는 그 아래 무엇이 있는지 알아야 한다며 글쓰기를 빙산 이론으로 설명했다.

회고록을 쓸 때 빙산 이론을 적용하면 매우 유용하다. 자기 안으로 깊이 파고들어야 하지만 모든 것을 빠짐없이 글로 옮길 수는 없다. 나는 빙산의 일각을 써보려 했지만 뜻대로 안 되었다. 그래서 종이 위에 한가득 엉망진창으로 글을 써둔 다음, 깎고 새기는 과정을 거쳐 비로소 빙산의 일각을 만들어낸다. 그러고 나서 독자가 어떻게 느낄지 생각하기 시작한다. 첫 문장에서 시작해 마지막 문장으로 끝나는 선형적인 글쓰기 접근법이 내게 효과가 없는 이유가 여기에 있다. 나는 글쓰기를 계획할 때 전체적인 틀을 세울 수 없다. 처음에는 무엇이 핵심 주제가 될지 알 수 없어 순서대로 주제를 써 내려갈 수도 없다.

내 경험상 초보 작가들이 곤경에 빠지는 주요 원인은 글쓰기 안팎으로 쏟아부어야 하는 작업량과 결국 독자에게 내보이지 못하더라도 그 과정에서 반드시 해야 하는 작업량을 낮게 잡는 것이다. 자기 자신이 글감이 될 수 있다는 점을 과소평가해선 안 된다. 나도 한때 나 자신이 하찮게 보이고, 내 글에 관심을 보이는 사람은 아무도 없을 거라는 생각에 휩싸여 글을 쓰는 데 애를 먹었다. 이제는 내가 쓴 글을 다시 들여다볼 수 있었으면 좋겠다. 해러즈백화점 직원 흡연실에서 15분 동안 쉬면서 담배 두 개비를 태우던 시절의 이야기를 읽고 싶다. 임신, 아들 출산 그리고 첫 책이 출간된 순간을 글로 남겨 두지 않은 것을 후회한다. 브렉시트, 트럼프 그리고 코로나바이러스에 대해서도 자세하게 기록해두었더라면 좋았을 것이다.

이제 과거로 돌아가 그 시절 내가 어떤 생각을 품었는지 알고 싶다. 이 모든 낙서가 어딘가로 곧장 이어지지 않는다는 걱정은 접어둔다. 자신은 주목받을 만한 사람이 아니므로 글로 쓸 수 없다는 생각도 버린다.

1950년대 미국 앨라배마주 몽고메리에 사는 십 대 흑인 소녀는 분명 자신이 주목받을 만한 사람이 아니라고 여겼을 테다. 하지만 나는 버스 보이콧을 벌이던 그 소녀(백인에게 자리를 양보하지 않았다는 이유로 체포된 클로데트 콜린을 말한다. 이 사건은 몽고메리 버스 보이콧 운동의 도화선이 되었다—옮긴이)가 당시 어떤 심정이었는지 자세히 써놓은 글을 읽고 싶다. 아일랜드인 내 할머니는 가난에 허덕이면서 아홉 명의 자녀를 길러낸 자기 삶이 폭넓은 호소력을 발휘하리라곤 생각조차 못 했을 것이다. 하지만 나는 할머니가 전당포 앞에서 줄을 서서 기다릴 때 어떤 생각을 했는지 읽고 싶다.

# 감각적으로 묘사하기

슬픔이 아니라 관을 묘사하라.
-짐 크레이스

앞 꼭지 마지막 단락에서 나는 몽고메리에 사는 소녀가 어떤 심정이었는지, 나의 할머니가 어떤 생각을 했는지 알고 싶다고 했다. 그렇긴 하지만 그들이 자기 생각과 감정을 털어놓기보다 자기를 둘러싼 세계를 묘사할 때 내가 궁금한 것을 가장 효과적으로 알 수 있다.

다른 사람들이 즐길 수 있는 매력적인 방식으로 글을 쓰는 것에 대해 고민하기 시작하면서, 우리는 시간과 공간 감각 그리고 분위기를 조성하기 위해 조화를 이루고 깊이가 있는 글쓰기 방법을 탐구하고 싶어 한다. 이를 위한 가장 손쉬운 방법은 자신이 생각하고 느끼는 것을 말하기보다 보고 듣고 맛보고 만지고 냄새 맡은 것을 공유하는 일이다.

소설가 짐 크레이스의 "슬픔이 아니라 관을 묘사하라"라는 말은 글쓰기 기술에 대한 가장 쓸모 있는 조언이다. 이는 내가 추상적인 것에서 구체적인 것으로 옮겨가는 글을 쓸 때마다 염두에 두는 말이기도 하다.

다음은 아홉 살 때 할아버지가 세상을 떠나면서 겪은 나의 첫 죽음의 경험에 대해 쓴 글이다.

### 버전 1

우리는 모두 할아버지가 돌아가셔서 정말 마음이 아팠다. 나는 영구차가 도착할 때까지 그 사실이 실감 나지 않았다. 슬픔에 잠겨 할아버지가 내게 잘해준 기억을 계속 떠올렸다. 할아버지는 아주 유쾌한 분이셨고 나는 그를 무척 사랑했다.

### 버전 2

크고 검은 차가 집 앞에 멈추어섰고, 차 뒤에는 기다린 나무 상자가 실려 있었다. 어른들은 침묵했다. 엄마가 내 손을 꼭 잡아주었다. 그제야 나는 할아버지가 돌아가셨고, 다시는 우리에게 재미있는 이야기를 들려주거나 함께 낚시하러 가지 못한다는 사실을 완벽하게 이해했다.

두 가지 버전의 글을 보면 두 번째 글에 훨씬 마음이 끌릴 것이다. 왜 그럴까? 두 번째 글이 시각, 청각, 촉각을 활용해 더 감각적으로 서술되었고 '즐거움'에서 '이야기', '낚시'로 이동하며 더 구체적으로 묘사되었다. 아이의 눈높이에 맞추어 '영구차'에서 '크고 검은 차'로 단어가 바뀌었다. 그 결과 우리는 몇 년이 지난 뒤 그 일에 대해 듣는 것이 아니라 집 앞에 영구차가 멈추는 순간에 있는 듯한 생동감을 맛볼 수 있다.

글을 더 다듬는다면 그때 내가 몇 살인지, 할아버지 연세가 어떻게 되는지, 몇 연도에 일어난 일인지, 할아버지가 어떻게 세상을 떠난 건지 등을 글에 언급하지 않더라도 상세하게 기억해낼 것이다. 엄마와 이모는 입지 않았지만 나이 든 여성들은 모두 검은 옷을 입고 있었고, 나는 이모의 블라우스에 달린 스팽글에 정신을 빼앗겼다. 나중에 고모할머니 중 한 분이 하늘에서 할아버지가 항상 나를 지켜볼 거라고 말했다. 코를 후비거나 변기에 앉아 있을 때 할아버지가 헝클어진 백발에 파란색 줄무늬 점퍼를 입고 구석에서 나를 지켜볼 수 있다니…. 나는 갑자기 불안해졌다.

글쓰기의 기술적 측면에서 큰 비중을 차지하는 것은 독자를 단순히 내적 독백으로 유도하는 일보다 물리적 세계로 끌어들이는 방법을 배우는 것이다. 이것을 '말하지 않고 보여주기'라고 하는데 세세한 부분을 감각적으로 묘사하는 기법을 말한다. 영화의 한 장면처럼 머릿속에서 내레이션 없이 연출해보면 머릿속보다 오히려 바깥세상에 집중하게 될 것이다.

지금 당장 해보자. 첫 죽음의 경험도 좋고, 다양한 주제를 마음껏 선택해도 좋다. 몇 문장을 자유롭게 써본 다음, 써놓은 글에서 더 구체적으로 표현하거나 더 감각적으로 묘사할 대목이 있는지 살펴본다. 이때 과욕은 금물이다. "카페 창가에 앉아 파도가 밀려왔다 사라지는 모습을 바라보았다. 해초 특유의 톡 쏘는 냄새가 물씬 풍겼다. 카푸치노의 우유 거품을 만드는 소리가 들려오자, 이제 곧 서비스로 나오는 아몬드 마카롱을 한 입 베어 물고 거품이 가득한 커피잔에 얼어붙은 손을 따뜻하게 녹일 생각에 군침이 돌았다…" 이는 좀 지나치다!

# 자기 안의 감각 탐색하기

마음이 편안해지는 곳에 앉거나 눕는다. 여러 번 심호흡한 다음, 감각 하나하나에 온정신을 집중한다. 침대에 눕거나 의자에 앉을 때 몸이 닿는 느낌은 어떤가? 무슨 소리가 들리는가? 자동차 소리? 새소리? 다른 집에서 들려오는 텔레비전 소리? 어떤 맛이 나는가? 마지막으로 먹은 음식? 커피? 치약? 어떤 냄새가 나는가? 당신 냄새? 향수 냄새? 지금 머물고 있는 방에서 나는 냄새? 무엇이 보이는가? 눈을 감은 채 눈꺼풀로 스며드는 빛으로 무슨 일이 일어나고 있는지 살핀다. 한 번에 여러 감각을 탐색할 수 있는가? 발바닥에서 전해지는 감촉과 창밖에서 들려오는 소리와 입 안에서 느껴지는 맛을 알 수 있는가?

　이 기법을 먼저 집 안에서 시작해보고 다음으로 밖에 나가서 '안전하게' 시도해본다. 나는 달리기 후에 감각을 탐색하는 것을 좋아한다. 약간 숨이 차고 숨소리가 거칠며 심장이 쿵쾅거리고 다리에서 기분 좋은 통증이 느껴진다. 정원 같은 자연 속에서 감각을 탐색하는 것도 근사한 일이다. 나는 기차, 버스, 지하철, 미술관, 도서관은 물론 다양한 종류의 벤치에 앉아서도 감각을 탐색한다.

감각 탐색하기는 마음챙김 훈련이다. 기분을 좋게 해줄 뿐 아니라 감각에 온정신을 집중해 주변에서 일어나는 일에 관심을 기울이고, 눈과 귀를 열어 과거 사건에 대해 세세한 부분까지 회상하고 쓸 수 있는 마중물 역할을 한다.

세부 사항은 당신이 다른 장소로 이동하는 데 도움을 주는 포트키(《해리포터》 시리즈에 등장하는 마법으로, 물건을 통해 순간이동을 할 수 있다-옮긴이)와 같다.

# 세부 사항, 의미와 기억 찾기

세부 사항에 대해 더 자세하게 알아보자. 나는 당신이 다양하게 활용할 수 있는 기법들을 마구 알려줄 생각이다. 내 첫 책을 쓸 때는 사용하지 않은 기법들이다. 그때는 내가 자질이 있고 재능이 있는 사람이라면 그런 유치한 훈련에 신경 쓸 필요 없을 거로 생각했다. 지금은 모든 것이 작은 불씨에서 시작되며, 이런 훈련이 세부 사항을 발견하는 가장 좋은 방법이라는 사실을 안다. 처음에는 5분짜리 타이머로 시작하길 권한다. 계속 연습하다 보면 굳이 타이머가 필요 없다고 느낄 수 있지만 연습하는 동안에는 무리하거나 글을 고쳐서는 안 된다. 세부 사항을 정리할 때는 재빨라야 하고, 나열한 것들에 정돈된 느낌이 없어야 하며, 우아하고 심사숙고해선 안 된다.

가장 효과가 좋은 방법은 마인드맵이나 목록을 만든 다음, 그중 하나를 골라 또 다른 마인드맵이나 목록의 주제로 삼는 것이다. 그것부터 시작해보자. 타이머를 맞추고 중요한 장소에 대해 마인드맵을 그린다. 그런 다음 그중 하나를 고르고, 타이머를 다시 한번 맞춘 뒤 깊이 파고든다.

나의 장소는 다음과 같다.

> 래너, 폰사누스, 칼턴, 스네이스, 럽튼 플랫, 델프 레인, 헌슬릿, 프랑스, 로더하이드, 리틀 러셀 스트리트, 러셀 스퀘어, 뉴욕, 배런스 코트, 핀버러 로드, 파슨스 그린, 치직, 팰머스

나는 이 가운데 프랑스를 고른다.

> 내 원룸, 슈퍼마켓, 흑인 노파들이 하는 빨래방, 우리가 카드놀이를 하던 커피머신이 있는 어학원 카페, 아를 리퍼블리크 광장, 접이식 벽 침대가 있는 찰리의 원룸, 탱크가 있는 해변, "해방된 나라에 오신 걸 환영합니다"라는 스티커가 붙은 카페들, 수족관에 바닷가재가 들어 있는 바닷가 레스토랑, 번지점프 장소, 나의 프랑스식 우체통, 쓰레기 떨어뜨리는 통로, 찰리의 자동차, 얼라이언스 에트니크와 에드윈 콜린스, 프랑시스 카브렐의 음악 듣기, 박람회장, 폴 영을 향해 라이터를 흔들어대는 십 대 소녀들, 크리켓 경기, 창밖으로 체리 씨를 뱉으며 이사도라 윙이 되어보기

제법 그럴듯한 세부 사항이 얼마나 많은가? 만약 프랑스에 대한 글을 쓰려 했다면 내가 왜 그곳에 있었는지 설명하는 데 발목 잡혀 여전히 옴짝달싹 못 하고 있을 것이다.

세부 사항을 발견하기 위해 목록을 작성한다면 BBC 라디오 음악 프로그램 〈데저트 아일랜드 디스크Desert Island Discs〉(해석하면 '무인도에 들어갈 때 가지고 갈 디스크'를 뜻한다 - 옮긴이)를 들어보자. 당신에게 소중한 음악 목록을 작성해본다. 목록에는 원하는 만큼 마음껏 곡을 넣어도 좋다. 자신이 좋아하는 곡이나 애창곡이 아니라 특별한 의미가 담긴 노래를 찾아야 한다. 학교 디스코텍에서 첫 키스를 할 때 흘러나온 노래, 아버지가 떠난 그해 여름 엄마가 계속 듣던 노래, 가장 친한 친구의 장례식에서 부른 찬송가…. 목록을 쭉 적은 다음, 타이머를 맞추고 그 노래가 흘러나오던 당시 무슨 일이 있었는지 적어본다.

〈친애하는 주님, 인류의 아버지시여Dear Lord and Father of Mankind〉(존 그린리프 휘티어의 시에 곡을 붙인 찬송가 - 옮긴이)

헨리 프랜시스 라이트의 〈언제나 내 곁에Abide With Me〉

스팬다우 발레의 〈트루True〉

데이비드 보위의 〈퀸 비치Queen Bitch〉

아일랜드 포크송 〈더 와일드 로버The Wild Rover〉

더 포그스의 〈샐리 맥클레넌Sally MacLennane〉

펄프의 〈코먼 피플Common People〉

애쉬의 〈걸 프롬 마스Girl from Mars〉

오션 컬러 신의 〈우리가 기차를 탄 날The Day We Caught the Train〉

더 댄디 워홀스의 〈보헤미안 라이크 유 Bohemian Like You〉

## 스팬다우 발레의 〈트루〉

우리는 맨섬으로 수학여행을 갔다. 마지막 날 밤에 디스코 파티가 열렸다. 마지막 곡이 흘러나오자 모든 여학생과 남학생이 서로 마주 보고 섰다. 남학생은 우리 허리에 손을 얹고 우리는 남학생의 어깨에 손을 올렸다. 이 이벤트가 어떻게 제안되거나 연출되었는지 그 배경은 기억나지 않는다. 나는 어떤 남자아이와 마지막을 함께할지에 온통 정신이 팔렸다.

나는 키가 작은 또래 남학생과 짝이 되어 조금 실망했다. 차라리 다른 사람들과 다 함께 춤추고 싶다고 생각하던 차에 마침 노래가 끝났다. 갑자기 그 아이가 내 머리를 끌어당기는 바람에 몸을 움직일 수 없었다. 이윽고 그 아이는 내 입술에 자기 입술을 거칠게 갖다 대고는 얼굴을 살짝 깨물었다. 그날 밤늦게 호스텔로 돌아왔다. 한 친구가 그 남자아이를 대신해 내게 데이트 신청을 하러 왔다. 나는 거절했다. 그때 나는 핑크색 반바지와 핑크색 줄무늬 티셔츠를 입고 있었다.

다음은 주제 목록이다. 이 가운데 하나를 고르거나 혹은 직접 구상해 마인드맵이나 목록을 작성한 다음, 자유 글쓰기를 해본다. 동창, 근무지, 어린 시절 받은 선물처럼 더 구체적으로 써도 된다. 싫어했던 사람들, 사랑했던 사람들처럼 특별히 덧붙이고 싶은 말을 써도 좋다.

사람

물건

집

옷

선물

식사

상처

목록을 나열하거나 마인드맵을 그릴 때 떠오른 기억을 메모해두어도 좋다. 나는 이 가운데 선물을 골라 그 뒤에 담긴 이야기를 써보았다.

### 「빨간 머리 앤」 전집

J의 엄마가 "네가 테디베어를 그렇게 좋아한다면서?"라며 건넸던 이상한 테디베어 수건. 하지만 난 그것을 좋아하지 않았다.

B와 A가 준 훌라 가방. 입이 떡 벌어지는 마음 씁쓸이. 어쩐지 어른이 된 기분이었다. 당시 나는 해러즈백화점에서 일하고 있었는데, 우리가 물건을 슬쩍하지 않았다는 것을 증명해 보이기 위해 속이 다 비치는 가방에 소지품을 모두 옮겨 담아야 했다. 근사하고 값비싼 가방을 들고 있으니 내가 특별한 사람이 된 것 같았다. 가방은 검은색이었고 지퍼 뒤에 빨간 주머니가 양옆으로 달려 있었다. 그 가방이 지금 어떻게 되었는지 모른다.

함께 여행을 다녀온 후 존에게 받은 무선 이어폰. 봉쇄령이 내려졌을 당시 매우 요긴한 물건이었다.

M의 사고 이후 처음 맞이한 내 생일에 엄마 아버지가 준 용돈. 부모님이 애써 축하해주려 하지 않아서 좋았다.

인발에게 받은 킨츠기 책갈피

크리스털에게 받은 우쿨렐레 교본

조에게 받은 등대

에스더에게 받은 문어 모양 문진

맷에게 받은 하트 모양의 상자 속 조가비 비누


물건 뒤에 숨겨진 이야기를 떠올리자 물건 목록에 공감대가 형성되기 시작한다. 선물 그 자체보다 선물을 준—실제로 더 큰 의미가 있는—사람이 얼마나 중요한지도 알 수 있다.

물건 목록을 작성하는 방법은 이외에도 많다. 집이 불타고 있다면 무엇을 가지고 나올 건가? 타임캡슐에 넣고 싶은 세 가지 물건은? 당신이 색슨족 전사나 이집트 파라오의 전설을 믿는다고 해보자. 사후 세계에 소장품을 가져갈 수 있다면 어떤 물건과 함께 묻히겠는가?

삶의 시기별로 물건을 나열할 수 있는가? 종이 한가운데 7세, 17세, 57세, 77세의 나를 적고 마인드맵을 그린 다음, 당시 소중하게 여겼던 물건을 떠올려 보자.

다음은 또 다른 목록이다.

술

영화

쇼핑

식사

스포츠

독서

섹스

아이들

반려견

크리스마스

위 목록에서 하나를 골라 탐색하거나 사람 목록과 연결해 서로 참조한다.

**아버지와 쇼핑**

아버지는 가게 가는 것을 좋아하지 않는다. 어린 시절 누나들이 우유를 훔쳐 오라고 보냈던 기억이 떠오르기 때문이다. 배가 고팠던 누나들은 막내인 아버지는 나이가 어리기 때문에 처벌이 가벼울 거로 생각했다. 아버지는 한 번도 붙잡히지 않았지만 늘 조마조마했던 마음이 지금도 남아 있다. 자신이 못된 짓을 꾸민다고 사람들이 생각할까 봐 걱정한다. 최근 가난을 부끄럽게 여기지 않는 것이 얼마나 어려운 일인지에 대해 아버지와 대화를 나눈 적이 있다. 그때 아버지는 그 이야기를 들려주었다. 아버지가 늘 가게에서 안절부절못하고 직원들을 피했던 이유를 이제야 알았다.

문장을 몇 개 더 완성해보자.

어린 시절 나는 _____.
누구에게도 털어놓지 못한 우리 가족의 진실은 _____.
내가 늘 두려워하는 것은 _____.
가장 먼저 기억나는 것은 _____.

특정 시기의 자신에 대해 쓰고 싶다면 이런 훈련이 시간 여행을 하는 데 정서적으로 도움이 될 수 있다. 해당 나이에 찍은 사진이 있다면 벽에 붙여 놓고 어린아이 눈으로 세상을 바라본 방식을 떠올려 본다. 그 나이에 나는 무엇을 사랑했는가? 무엇을 두려워했는가? 특별히 좋아한 사람은 누구였는가? 유독 아끼던 물건은 무엇이었는가?

여기서 우리가 해야 할 일은 기억을 자극해 어렴풋한 과거의 편린을 떠올리는 것이다. 조금이라도 기억이 나면 다른 목적 없이 오직 깊이 파고들기만 하겠다는 생각으로 글쓰기를 시작한다. 어째서 이런 기억이 떠오를까? 왜 하필 이 일이 생각날까? 규칙적으로 이런 글쓰기를 하면 놀랄 만한 것을 채굴할 수 있다.

당신의 뇌리에 박혀 떠나지 않는 것은 무엇인가? 우리가 무언가를 기억하는 데는 그만한 이유가 있다. 기억을 전부 떠올리는 것에 대한 걱정은 접어두시라. 모든 감각을 이용해 당신이 알고 있는 것을 자세히 글로 옮기는 데 에너지를 쏟아부어라.

# 창작의 충동에 불붙이기

나는 친구 재닌이 우리가 글쓰기 강좌를 운영하던 시골 마을 오두막에서 불을 지피는 모습을 지켜보고 있다. 우리는 자기 안으로 파고들고, 마인드맵을 그리고, 글쓰기 기법을 연습하고, 자유 글쓰기를 하고 있다. 나는 체력적으로 지친 상태였지만 강의 뒤풀이를 지켜보는 것이 즐겁다. 작가들이 자신의 마음을 파헤치는 자리에 내가 있다는 것이 영광스럽다.

벽난로 한가운데 큰 통나무 세 개가 놓여 있는데 연기만 피어오르고 불씨가 살아나지 않는다. 재닌이 자리에서 일어난다. "불쏘시개를 더 가져와야겠어"라고 말하고는 작은 나무토막이 잔뜩 담긴 금속 양동이를 들고 온다. 재닌은 나무토막을 가지런히 집어넣고 벽난로 앞에 무릎을 꿇고 앉아 입바람을 불어넣는다. 수없이 입바람을 불어넣고 불무더기를 쑤셔댄 끝에 마침내 큰 통나무에 불이 붙고 방 안은 온기와 빛으로 가득 찬다.

나는 한시름을 놓으면서 글쓰기에도 불쏘시개가 필요하다는 생각에 이른다. 우리 이야기라는 큰 통나무에 불을 붙이려면 불쏘시개를 모으고 입바람을 불어넣어야 한다. 우리가 그것을 열심히 한다면 머지않아 맹렬한 불길이 치솟을 것이다.

집으로 돌아와 내 강의를 듣는 니컬러스와 이야기를 나눈다. 니컬러스는 어린 시절 아버지가 엄마를 괴롭히던 모습을 지켜본 것이 자신의 연애에 어떤 영향을 미쳤는지 알아보면서 자기 삶을 이해하려 애쓰고 있다. 거침없이 말하지만 그는 자기혐오와 수치심을 느끼고 있다. 툭하면 사과하고, 내가 그와 함께하는 시간을 즐긴다는 사실을 받아들이지 못한다. 다 쏟아내고 싶은 그의 충동은 글쓰기를 어떻게 시작하고 끝낼지, 제목은 무엇으로 할지, 누가 읽을지 등 프로젝트에 대한 모든 것을 즉시 알아야 한다는 불안과 힘겨운 싸움을 벌인다. 그는 구조적 혼란을 견뎌내기 위해 안간힘을 쓰고, 혹시나 프로젝트가 잘못될까 봐 두려워한다.

니컬러스는 한 시간 동안 나와 수다를 떨고 난 다음, 탐색할 만한 장면에 대한 새로운 목록을 만든다. 그는 내가 자기 작품에 산소를 불어넣는다고 말한다. 나는 "다행이네요"라고 응수한다. "불이 활활 타오를 수 있도록 여지를 마련해보세요. 의심, 절망, 논리라는 안전 담요로 가물거리는 불꽃을 곧바로 꺼버리지 말아요."

# 자기 목소리 내기

목소리는 말 그대로 입에서 나오는 소리다. 책에서 목소리란 글쓰기에서 드러나는 작가의 개성과 존재감의 특성을 뜻한다. 목소리는 단순하면서도 심오하다. 당신이 해야 할 일은 당신답게 목소리를 내는 데 집중하는 것이다. 이는 말처럼 쉽지 않다. 우리는 자신에게 무언가 문제가 있다는 말을 자주 듣거나 그렇게 배워왔고, 또 우리가 부족하거나 곤경에 처할 수 있다고 생각하기 때문이다. 나는 자라면서 "쟤는 말이 많아도 너무 많아", "무슨 일이 있었던 거니? 사전을 통째로 삼키기라도 한 거야?", "넌 너무 날카로워서 너 자신이 베일지 몰라", "책만 보고 있으면 남편이 안 생긴단다"라는 말을 자주 들었다. 몇 년 뒤 이런 기억들이 내게 걸림돌이 되어, 글을 쓰려고 자리에 앉을 때마다 내가 그런 비판을 떠올린다는 사실을 깨달았다.

두려움은 우리가 자기 목소리를 찾지 못하게 막는 핵심 요인이다. 내 안에서 무슨 일이 일어나고 있는지 알아챘을 때 비로소 나는 그것을 글로 쓸 수 있었고, 나를 지배하던 두려움은 크게 힘을 잃었다. 당신이 온전히 자기 자신이 되고 내면의 진정한 목소리에 다가가지 못하게 막는 것은 무엇인가?

사람들은 종종 자신이 '작가'처럼 말하고, 더 길고 근사한 단어를 써야 한다고 생각하는 바람에 발을 헛디며 넘어진다. 중요한 것은 이것은 당신 이야기이며, 우리는 당신의 목소리를 듣고 싶다는 점이다. 다른 누구처럼 되어야 한다는 생각으로 에너지를 소모하기보다 그냥 당신 자신이 되어야 한다.

나는 이제 내 목소리로 말하는 것을 좋아할 수 있는 경지에 이르렀다. 이는 나와 함께 일하는 모든 사람과 작가인 당신에게 바라는 나의 원대한 꿈이다. 머릿속에 그려보자! 당신의 목소리를 찾고 그 목소리가 마음에 든다면 기분이 어떨지 상상해본다.

본격적인 글쓰기에 앞서 간단한 준비 운동을 해보자. 다음 문장을 채우면서 당신의 목소리에 천천히 편안하게 다가가보자. 자기다운 목소리를 내겠다는 일념으로 되도록 솔직하게 문장을 완성해본다. 자신이 어떻게 비추어질지, 다른 사람이 어떻게 생각할지 전전긍긍하며 불안해할 필요 없다. 진흙탕에서 피는 연꽃처럼 오롯이 자신을 글로 담아내는 것을 목표로 삼는다. 문장을 완성하는 데 한 시간 혹은 더 많은 시간을 할애해도 된다. 가능하다면 먼저 산책을 하는 것이 좋다. 나는 휴대전화를 집에 두고 노트와 커피값만 챙겨 나가는 것을 좋아한다.

내가 태어났을 때 _____.

가장 먼저 기억나는 것은 _____.

어린 시절 나는 _____.

부모님은 _____.

가장 중요한 사건은 _____.

학교는 _____.

내가 정말 싫어했던 것은 _____.

자라면서 가장 좋았던 것은 _____.

가장 친한 친구는 _____.

내가 사랑에 빠졌던 사람은 _____.

열 번째/열여섯 번째/열여덟 번째 생일은 _____.

슬플 때 나는 _____.

일하다 보면 종종 기분이 _____.

절대 용서하지 않으리라 마음먹은 일은 _____.

가장 즐거웠던 때는 _____.

항상 감사하게 여길 일은 _____.

내 소원은 _____.

죽음이 임박할 때 꼭 기억했으면 하는 것은 _____.

시간 여행을 할 수 있다면 어린 시절 내게 하고 싶은 말은 _____.

내 이야기를 하고 싶은 이유는 _____.

나의 발목을 잡는 두려움은 _____.

이 글을 쓰면 도움이 될 만한 일은 _____.

이 글을 쓰고 나면 기분이 _____.

# 괴상한 소리내기

미친 듯이 소리를 질러대고 싶은가? 이는 내 친구 케이트에게 배운 기법이다. 케이트는 가수이고 우리는 한 행사에서 강연자로 처음 만났다. 우리에게 주어진 시간은 각각 15분이었다. 나는 『안녕, 매튜』와 그 책에 담긴 이야기가 내 안에 갇혀 있던 시절 그리고 그 이야기를 끌어내어 글로 옮겼을 때 몰려든 안도감에 대해 말했다. 케이트는 목소리를 잃었을 때와 그것을 어떻게 다시 찾았는지에 얽힌 이야기를 풀어놓았다.

케이트와 나는 강연을 마치고 수다를 떨었고, 그 자리에서 우리는 친구가 되기로 했다. 케이트는 내게 노래를 가르쳐주고 나는 그녀가 노래 가사보다 더 긴 글을 쓸 수 있게 도와주기로 했다. 우리는 둘 다 서로에게 기술적인 부분을 배우길 기대했다. 나는 횡격막에 대한 지식을 얻고 싶었고, 케이트는 문법에 어긋난 문장을 내가 고쳐줄 거로 생각했다. 우리는 서로의 방식을 있는 그대로 받아들이고 인정한다는 사실을 깨닫고는 둘다 깜짝 놀랐다.

노래 연습은 글쓰기에 정말이지 큰 도움이 되었다! 케이트의 말을 빌리면, 노래를 부른다는 것은 입을 벌리고 흥얼거리는 행위다. 당신도 한 번 해보라. 아무 말이나 흥얼거려 본다. 입술이 달싹이는 것이 느껴지는가? 자, 이제 입을 벌려 보자. 봐라, 당신은 지금 노래하고 있지 않은가.

다음으로 우리는 듣기 좋은 소리인지 아닌지 전혀 신경 쓰지 않고 온갖 종류의 소리를 내면서 목소리를 자유롭게 높여 볼 것이다. 나는 되도록 다양한 소음이 나길 바란다. 얼굴을 찌그러뜨려도 좋다. 끙끙거리고 으르렁거리고 우스꽝스러운 표정을 지으며 까르륵거리는 소리를 내보자. 품격이 떨어지는 행동이 아닌가, 정말 이래도 되나, 비호감이 아닌가 하는 걱정은 내려놓는다. 징징거리며 우는 소리도 내보고, 투덜거리며 구시렁거리는 소리도 내보자. 적당한 장소가 있다면 악을 쓰며 소리치고 날카로운 비명도 질러보자. 할 수 있는 한 가장 듣기 거북하고 괴상망측한 소리를 낸다.

정말 신나지 않은가! 이 훈련을 다른 사람들과 함께한다면 더욱 멋질 것이다. 물론 누구도 놀라게 하지 않을 장소가 있다면 혼자 해도 좋다. 나는 바닷가가 적합한 곳이라 생각한다. 바다에서는 원래 많은 소리가 나고 또 자연과 가까이 있는 것이 도움이 되기 때문이다. 자신이 내지르는 소리가 영 듣기 불편하다면 매우 시끄러운 음악을 틀어두면 된다.

괴상한 소리내기는 좌절감을 떨쳐 내는 매우 좋은 방법이다. 추악한 문장을 써대고, 볼품없는 모습을 세상에 드러낸 것이 내가 한 가장 어리석은 일이 아닐까 하는 두려움도 떨쳐 낼 수 있다. 케이트는 내게 흥얼거리기와 노래 부르기가 모두 글쓰기를 위한 매우 훌륭한 준비 운동이 될 수 있다는 것을 보여주었다.

나는 이제 글을 쓰다가 막힐 때면 나 자신을 자유롭게 하려고 괴상한 소리를 낸다.

# 부정적인 혼잣말 멈추기

우리는 글쓰기 프로젝트에 적합한 목소리를 찾는 것이 목적이다. 무언가를 말할 때 자신을 깎아내리지 않도록 연습하는 시간도 잠시 가져보자. 나는 누군가 자기 자신에게 '마구 지껄인다', '지겹게 떠들어댄다', '쓸데없는 소리를 늘어놓는다'라고 말하는 것을 들으면 가슴이 아프다. 한번은 한 여성이 나무랄 데 없는 솜씨로 자신을 소개한 뒤 "허튼소리는 이제 그만할게요"라고 말하는 것을 들었다. 어느 유명 작가는 유려한 언변으로 청중을 사로잡아 더 많은 이야기를 듣고 싶게 만들어놓고는 "주절주절 말이 많았죠"라며 끝을 맺었다. 제발 부탁이니, 자신이 말하거나 글로 쓴 것을 경멸하는 이야기는 하지 않았으면 좋겠다.

어떻게 하면 자신을 헐뜯는 행위를 멈출 수 있을까? 우리는 다른 사람에게는 절대로 말하지 않을 방식으로 자신에게 말하곤 한다. 자신을 깔보고 업신여기는 말이 튀어나오지 않게 귀를 쫑긋 세우고, 자신을 비난하고 있다면 살며시 멈춘다.

가장 최근에 나는 프로젝트에 별 진전을 보지 못해 기분이 가라앉자 "난 정말 멍청하고 게을러터졌어"라고 말했다. 곧바로 그 사실을 알아채고 말을 멈춘 다음, 나 자신에게 공정하지 않았음을 깨달았다. 나는 어리석지도 게으르지도 않았다! 하는 일도 많았고 일에 푹 빠져 살았다. 나는 내 좌절감을 읽어내고는 그 마음을 '더 열심히 일하고 싶은 거로군. 다음 주에는 그일에 더욱 신경 쓰고 집중할 수 있도록 계획을 세워야지'라는 포부로 바꾸었다.

# 다양한 이들에게 편지 써보기

글쓰기에서 자기 목소리를 찾는 가장 좋은 방법은 누구에게 말하느냐에 따라 글의 톤이 어떻게 바뀌는지 알아보는 것이다.

나는 편지글 모음집을 좋아한다. 내가 가장 좋아하는 책 중하나는 친구 니나 스티브가 유모가 되려고 런던으로 이사한 후언니 빅에게 쓴 편지를 모아 엮어낸 책 『러브, 니나_Love, Nina_』다(작가 니나 스티브는 《런던리뷰오브북스_London Review of Books_》 편집자 메리케이 윌머스의 집에서 유모 생활을 했다 - 옮긴이). 니나는 글쓰기기술 따위는 안중에도 없었고, 시간과 공간 감각 그리고 분위기를 조성하려고 적극적으로 노력하지 않았지만 멋진 편지글을 써냈다. 그녀는 세세한 부분까지 놓치지 않는 안목을 갖고있으며 매우 흥미로운 사람이었다. 게다가 니나는 언니 빅에게감동을 주고 싶어 많은 노력을 기울여 왔다.

『편지의 집_Letters Home_』에서 시인 실비아 플라스는 엄마와 주고받은 편지에서는 엄마가 원하는 딸의 모습을 보여주지만 자신의 일기에서는 사뭇 다른 모습을 드러낸다. 엄마에게 편지를 쓸 때는 그녀가 솔직하지 않을 수 있다고 전제하더라도 그 글은 호소력이 있다. 그 편지는 온통 사랑과 의무로 뒤섞인 모녀관계의 복잡성을 드러내며 속삭이듯 말한다.

편지를 써보자. 자기 삶에서 가장 최근 장면을 하나 떠올려 본다. 이전에 글로 쓴 적이 없는 일이어야 한다. 그렇다고 극적일 필요는 없다. 이제 그 일을 다양한 사람에게 편지로 전해보자.

일기처럼 편지 쓰기

나한테 편지 쓰기

친구/부모님에게 편지 쓰기

자녀에게 편지 쓰기

최근 사랑에 빠진 사람에게 편지 쓰기

옛 스승에게 편지 쓰기

듣는 사람에 따라 목소리가 바뀌는 방식을 주의 깊게 살펴보자. 세세한 부분에 변화를 주고 나이에 맞게 이야기하는가? 방어하려고/보여주려고/감동을 주려고 하는가?

이제 타임캡슐에 넣을 편지를 써보자. 수천 년이 흘러 외계인이 발견할 때까지 누구도 읽지 못할 편지를 써보자. 마음속 깊은 곳까지 파고들어보자. 프롬프트가 필요한 사람들은 다음 문장을 활용한다.

내 삶에 대해 진실을 말한다면 나는 _____.

나중에 이 글을 태워버리고 싶을 수 있다.

절대 용서할 수 없는 사람에게 편지를 써보자. 얼굴도 모르는 부모님이나 상상 속 연인 혹은 한 번도 가져 본 적 없는 아이…. 간절히 바라지만 자신에게 없는 대상에게 편지를 쓴다. 이미 고인이 된 사람에게 편지를 써서 그들이 없는 세상에서 당신이 어떻게 지내는지 말해주자.

과거의 자신에게도 편지를 써보자.

### 매튜가 사고 나기 전날 밤, 열일곱 살의 캐시에게

헉, 넌 조만간 엄청난 파도에 휩쓸리겠구나. 얘야, 솔직하게 말할게. 넌 굉장히 힘들 거야. 이러다 물에 빠져 죽는 건 아닐까 싶을 때도 있어. 그때마다 너는 수면 위로 불쑥 올라온단다. 약속할게. 너의 세상은 지금 고통으로 가득 차 있지만 미래에는 기쁨이 넘친단다. 넌 그 기쁨을 느끼고 찾을 수 있단다. 고통과 기쁨이 얼마나 긴밀하게 연결되어 있는지 알게 될 거야. 넌 곧 고난이라는 과목의 고급반 수업을 듣게 되는 셈이지. 너 자신에게 다정하게 굴어야 해. 넌 그렇게 할 수 있어. 도저히 못 하겠다는 생각이 들 때도 있지만 너는 결국 해낸단다. 그 모든 것을 글로 적어보렴.

지금은 글을 쓰고 있지 않지만 글쓰기로 빨리 돌아올수록 좋단다. 사랑을 담아.

## 스물네 살의 캐시에게

오늘은 매튜의 장례식 날이지. 너도 죽고 싶다는 생각이 들 거야. 넌 담담한 표정으로 선술집에서 밤을 새우고 있어. 도무지 정신을 차릴 수가 없나 보네. 눈물을 흘릴 만큼 흘렸고 고통이란 고통은 죄다 느꼈다고 생각했는데, 이것은 또 다른 영역이지. 더는 못 하겠다는 생각이 들겠지. 강물에 뛰어들 수도 있어. 그런데 그럴 필요가 없을지 몰라. 네 심장이 터져 버려 피투성이가 될지도 모르니까. 내가 가장 아끼고 사랑하는 사람아, 너에게 꼭 해야 할 중요한 말이 있어. 그것은 시간이 갈수록 상황이 나아진다는 거야. 앞으로는 이런 감정에 휘둘리지 않아도 될 만큼 마음이 편안해질 거야. 너는 이제 생각을 멈추기만 하면 되는 거란다. 그냥 침대에 누워 오늘이 네 인생의 중요한 날 중 하루라는 사실을 기억하면 되는 거야. 오늘 정말 고생했어. 모진 교훈을 얻었겠구나. 삶은 종종 잔인하기도 하지만 아름답기도 하단다. 지금은 비록 네가 그것을 알 수 없지만 세상에는 너를 기다리는 근사한 것들이 너무도 많아. 장담하건대, 미래의 너는 네가 살아있다는 사실에 기뻐할 거야. 사랑을 담아.

## 2020년 1월, 마흔일곱 살의 캐시에게

안녕, 또 만났네. 또 다른 파도가 몰려오고 있어. 이번엔 너만 덮치는 것이 아니라 세상 모든 사람을 덮쳐. 뉴스에서 말하는 전염병이 큰 문제가 될 거야. 일주일쯤 두려움에 떨면서 아이스크림을 먹고 견뎌내는 것은 괜찮지만, 삶이 뜻대로 풀리지 않을 때 무엇을 해야 하는지 그동안 배운 것을 기억해야 할 거야. 그래, 칼날이 떨어졌다고. 더 이상 내가 알던 삶으로 돌아갈 수 없다는 생각이 들 테지만, 지금 가진 것으로 할 수 있는 일에 집중하는 거야. 너무 침울해하지 말고, 기회를 놓쳤다고 슬퍼하지도 말고. 네가 가진 것에 감사하고, 이 시기에 흔들리지 않게 중심을 잡으면서 다른 사람에게 도움을 줄 수 있을 거야. 넌 이미 준비가 되어 있잖아. 넌 해낼 수 있어. 그리고 언제나 배울 것이 있다는 사실을 기억해. 삶은 물건을 사고파는 가게나 피로를 푸는 온천이 아니라 교훈을 주는 경험을 얻는 곳이지. 올해는 네 주변에서 일어나는 부수적 피해로 당황스러울 수 있겠지만 큰 파도를 타는 거라고, 일상의 소소함에 감사하자고 자신에게 말하면 헤쳐 나갈 수 있을 거야. 그리고 잠자리에 누워 "그래, 오늘도 인간이 되는 것에 대해 많이 배웠구나"라고 말할 거야. 이 시기를 견뎌내는데 그거면 충분하다고 생각할 거야.

난 너보다 아주 조금 앞서 있어서 먼 미래를 내다볼 수 없어. 하지만 그것은 여전히 존재하고 우리가 그 안에 있어서 기쁘게 생각해. 사랑을 담아.


과거의 자신에게 편지를 쓰는 것은 극도로 힘든 일이다. 심호흡을 하거나 산책을 하면서 자신을 돌보자.

# 자기를 찾아서 문장 속을 거닐기

이것은 자기 목소리를 찾는 것과 관련된 재미있는 게임이다. '나는'으로 시작하는 진술을 세 개 쓰는데, 그중 두 개만 사실을 담는다. 다음은 내가 쓴 글이다.

나는 네덜란드 우표상과 결혼했다.

나는 긴장을 풀기 위해 피아노를 친다.

나는 뉴올리언스에서 열리는 마르디 그라Mardi Gras(사순절이 시작되기 전날 –옮긴이) 축제에 참여해 코가 비뚤어지게 술을 마셨다. 다음 날 거울을 봤더니 얼굴에 반짝이는 소용돌이무늬가 그려져 있어 깜짝 놀랐다.

일단 한번 해본 다음, 계속 써 내려가자. 진술은 꼭 세 개만 써야 하는 것은 아니다. 여기 몇 개 더 있다. 일부는 내가 쓴 것이고 일부는 워크숍에서 모은 것이다.

나는 전에 브라이언이라는 남자와 결혼했다.

나는 열세 살까지 멀리뛰기를 제법 잘했다.

나는 손가락이 여섯 개다.

나는 개를 별로 좋아하지 않지만 개를 키우는 친구들 앞에서는 그 말을 절대 입 밖에 내지 않는다.

나는 혼자 있느니 차라리 약간 싫은 사람과 함께 있는 게 낫다.

나는 여섯 살 때 홍역에 걸려 죽을 뻔했다.

내 아버지는 림보 댄서로 이름을 날렸다.

나는 아이를 더 낳고 싶다.

나는 하룻밤 동안 박물관에 갇힌 적이 있다.

나는 채식주의자를 싫어했는데 지금은 내가 채식주의자가 되었다.

내게는 독일인 할머니가 있다.

나는 내기를 했다가 레몬을 먹은 적이 있다.

나는 한때 침묵의 서약을 한 수녀였다.

나는 가라테 검은띠다.

나는 지구 반대편에서 태어났다.


자신만의 목록을 멋지고 길게 만들어보자. 이 훈련은 '나'라는 존재를 인정하고 진실과 자신의 관계를 깊이 생각해보자는 취지를 담고 있다. 이 훈련을 즐기고 싶다면 타이머를 5분으로 맞추고 자신의 목록이나 위의 항목에서 하나를 고른 다음, 프롬프트로 사용해 자유롭게 글을 써보자.

# 회고록과 진실 사이 균형 잡기

고백하건대, 전에도 그랬지만 나는 때로 타락하고 비열하며
때로 관대하고 고결하고 기품 있다.
-장 자크 루소

회고록의 진실에 대해 생각하는 것은 도덕적, 윤리적, 철학적
그리고 기술적 의미를 지닌다. 이는 자신만을 위한 글쓰기라면
크게 신경 쓰지 않아도 되지만 독자를 끌어들이는 순간 약간의
생각이 필요하다. 회고록의 진실과 작가의 의무와 책임을 생
각할 때, 우리가 법정에서 하는 맹세를 떠올린다면 자극적이고
흥미로울 것이다.

나는 진실, 모든 진실, 오직 진실만을 말할 것을 약속한다. (한국 법정 증인
선서문은 다음과 같다. "나는 양심에 따라 숨김과 보탬이 없이 사실 그대로 말하고 만
일 거짓말이 있으면 위증의 벌을 받기로 맹세합니다." -옮긴이)

우리는 그 약속을 꼭 지켜야 할까? 이 문장을 하나하나 뜯어

보자.

## 진실

글쎄, 진실은 다소 주관적일 수 있다. 당신이 무언가를 실화로 제시하려 한다면 능력이 닿는 데까지 최선을 다해 진실만을 말하도록 노력해야 한다.

## 모든 진실

절대 그렇지 않다. 어쨌든 그것은 불가능할 것이다. 우리는 주방 싱크대를 말하려는 것이 아니다. 내 책을 포함해 내가 읽은 초기 작품들은 대부분 지나치게 많은 진실과 사실, 정보, 사람이 담겨 있다. 무언가에 대해 진실을 말하기로 마음먹었다고 해서 모든 진실을 말해야 하는 것은 아니다.

## 오직 진실만을

내 생각에는 이것, 즉 거짓말하지 않기를 목표로 삼아야 할 것 같다. 자신을 전보다 더 나은 혹은 더 나쁜 사람으로 만들려고 애쓰지 말라. 혁명가 올리버 크롬웰은 초상화가에게 자신을 "사마귀까지 있는 그대로 모두" 그려 달라고 말했다. 회고록 작가에겐 이것이 훌륭한 목표다.

회고록은 미래의 자신을 위해서라도 정직하게 써야 한다. 요즘 내 기억에 약간 문제가 있는데 내 책에 거짓이 없다는 사실을 매우 다행으로 여긴다. 그렇다고 내가 모든 것을 책에 공유했다는 말은 아니다. 독자를 지루하게 하고 싶지 않아서, 다른 사람들을 보호하고 싶어서, 간직하고 싶은 비밀이 있어서 등등. 다양한 이유로 넣지 않은 내용이 많지만 거짓을 꾸며대진 않았다.

맷이 다니는 초등학교의 벽에는 아이들이 무언가를 말하기 전에 한 번 생각하고 그 말이 사실인지, 도움이 되는지, 재미있는지, 꼭 필요한지, 친절한지 확인하라고 독려하는 포스터가 붙어 있다. 이는 우리가 지키기에는 지나치게 높은 기준이긴 하지만 흥미로운 사고 실험이다.

도덕적 요소에 대해서는 스스로 결정을 내려야 한다. 내 생각을 말했지만 이 영역에서 나는 양심적인 쪽에 치우쳐 있다. 나는 밤에 쉽게 잠들지 못하는 사람이고, 내가 수치심을 느끼는 행동을 하면 마음의 평정을 잃기 때문이다. 나보다 더 유연하게 생각하는 작가도 많으니, 여기서는 내 말을 곧이곧대로 따르지 않아도 된다.

기술적 측면에서 회고록은 경찰이 수사 기록을 작성하는 것이 아니라 당신이 자기 이야기를 풀어놓는 일이다. 회고록이 무엇인지 생각해보면 이 문제를 해결하는 데 도움이 될 것이다. 회고록은 개인의 일대기를 다룬 자서전이 아니므로 모든 사건을 빠짐없이 기록하지 않아도 된다. 회고록은 삶의 한 단면 혹은 삶을 바라보는 렌즈다. 글자 그대로의 진실이 아니라 본질적인 진실, 다시 말해 단순히 사실과 날짜를 나열하는 것이 아니라 이야기의 정신과 핵심을 짚는 것을 목표로 삼는다. 글자 그대로의 진실은 오히려 회고록에 방해되기도 한다. 누가 무슨 말을 누구에게 했는지, 비행기가 몇 시에 도착했는지, 육촌 짐이 장례식에서 어떤 말을 했는지, 짐이 산드라 이모와 정확히 어떤 관계인지, 애초에 짐이 장례식에 왜 초대를 받았는지에 대한 시시콜콜한 설명의 늪에 빠지면 옴짝달싹 못 할 수 있다. 짐이 이야기와 관련 없는 인물이라면 알 필요도 없는 것들이다.

여러 면에서 회고록은 마술이다. 잘 쓴 회고록은 현실에 환상을 불어넣지만 그것은 진짜가 아니다. 회고록을 직접 쓰고 싶다면 그 교묘한 속임수를 어느 정도 이해하는 것이 좋다. 초창기 나는 글쓰기에 대해 수많은 시도를 했지만 모두 실패로 끝났다. 그것은 내가 이야기가 작동하는 방식을 제대로 이해하지 못한 탓이었다. 나는 진흙탕에 핀 연꽃처럼 삶을 글로 옮기려 했지만 결국 진창으로 끝나버렸다. 글자 그대로의 진실을 담아내려는 노력을 포기한 후에야 비로소 내 길을 찾을 수 있었다.

# 현실의 이야기 편집하기

무엇보다 자기 자신에게 거짓말하지 말라. 자신에게 거짓말을 하고 그
거짓말에 귀 기울이는 사람은 내면의 진실과 주변의 진실을 구별할 수
없는 지경에 이르게 되어, 자신과 타인을 존중하는 마음을 잃게 된다.
─표도르 도스토옙스키

회고록은 소수의 사람이 등장하고, 줄거리가 단순하며, 대개
그 안에 담긴 모든 것이 의미를 지녀야 한다. 현실에서 만약 내
가 열쇠를 깜빡해 집으로 돌아간다면 나는 그것을 가져온 다
음, 여느 날처럼 하루를 보낸다. 회고록의 세계에서 만약 내가
그 이야기를 한다면 이는 내가 무언가를 발견하려 한다는 뜻이
다. 당신이 기차에서 낯선 사람에게 혹은 집에서 울타리 너머
이웃에게 이야기하는 장면을 상상해보면 이 점을 이해하는 데
도움이 될 것이다. 이야기를 어디서 시작하고 어느 지점에서
멈출 것인지 그리고 어떤 부분에 중점을 둘 것인지─거의 무의
식적으로─편집 결정을 내리는 방법을 눈여겨보아야 한다.

　당신은 이야기를 시작하기 전에 상대방에게 자신에 대해 속

속들이 말할 필요를 느끼지 않을 것이다. 나는 그것을 '하이라 이트 편집'이라 생각하고 싶다. 회고록은 당신 삶에서 오늘의 경기 하이라이트 편집 버전이다. 당신은 독자가 0대0 무승부 경기를 보면서 내내 앉아 있게 하고 싶지 않을 것이다. 하이라 이트 편집 버전에는 당신이 멋진 골을 넣었을 때뿐 아니라 넛 맥(상대 선수의 다리 사이로 공을 넣는 기술 - 옮긴이)을 당했을 때와 심판에게 화를 내고 퇴장당했을 때도 들어가야 한다. 그러나 경기장을 구석구석 누비는 모습이나 경기를 끝내고 샤워하는 모습은 들어갈 필요 없다.

당신은 이야기를 풀어놓고 있다는 사실을 기억해야 한다. 다 음과 같은 일을 하는 것이 아니다.


정확한 보고서 작성하기

다큐멘터리 쓰기

완벽주의자 되기

이력서 제출하기

치료사가 말해준 인생의 여러 사건이 당신에게 미친 영향 전하기

원한 갚기(회고록에 복수 의도가 담겨 있으면 언제나 마음이 불편하다.)

찬사 보내기(이는 감사 표시가 주된 목적이다.)

세상을 바꾸거나 다른 사람들을 돕기(이런 목적도 조금 있겠지만 먼저 좋은 이 야기를 풀어놓아야 효과적으로 목적한 바를 이룰 수 있다.)

# 무엇이 좋은 이야기꾼을 만드나

글을 쓸 때 당신이 끊임없이 계속해야 하는 숙제는 열심히 듣는 일이다. 무엇이든 매력적인 이야기로 만드는 사람이 있는가 하면, 자신에게 매우 흥미로운 일이 일어났는데 그것을 지루한 이야기로 만들어버리는 사람도 있다.

그런 의미에서 내가 부모님 술집에서 일한 경험은 마스터클래스에서 서사적 효과를 배운 것이나 다름없었다. 가게 문으로 어떤 사람이 들어오느냐에 따라 내 하루가 밝게 빛나기도 하고, 한없이 가라앉기도 했다. 함께 있다고 꼭 재미있는 사람이 될 필요는 없었다. 내가 좋아하는 손님들은 다소 조용한 사람들이기도 했다. 내 신경을 거스르게 한 손님들은 지겨운 이야기를 장황하게 늘어놓는 사람들이었다. 전에도 여러 번 들려준 따분한 이야기를 반복하면서 마치 내게 호의를 베푸는 양 행동하는 그런 사람들이었다. 그들은 재미나 정보를 제공하는 것이 아니라 술집에 있는 다른 사람들에게 자신이 얼마나 중요하고 영향력 있는 인물인지 과시하기 위해 그런 이야기를 늘어놓았다.

가족, 동료, 이웃 등 삶을 함께하는 사람들의 말에 귀를 기울여 보자. 무엇이 좋은 이야기꾼을 만드는가? 그들은 당신에게 상황이 어떻게 돌아가는지 알 수 있도록 충분한 맥락을 제공하지만 압도당할 정도로 많은 정보를 주는 것은 아니다. 관련된 조각들이 어디에 있는지 알 수 없고, 옆길로 빠져 불필요한 배경을 늘어놓으면 이야기가 얼마나 지루해지는지 눈여겨보자.

"음, 화요일이었다. 아니, 사실 수요일이었다. 왜냐하면 쓰레기 수거차가 막 떠났고, 내가 좋아하는 방식대로 재활용 쓰레기통을 원래 있던 자리에 돌려놓지 않는 새로운 청소부가 있었기 때문이다. 그 사람을 보러 나갔더니 밖에 비가 오고 있었는데—요즘 비가 너무 많이 오지 않는가?—때마침 전화기가 울렸고, 나는 전화를 받으러 집 안으로 뛰어들어갔다. 나를 아는 사람은 대부분 휴대전화로 연락하기 때문에 스팸 전화인 줄 알았는데, 그리고 그레이엄이 보이스피싱을 조심해야 한다고 말했지만 나는 수화기를 들었다. 캐럴라인이 우체국 맞은편 집이 팔렸다는 소식을 전했다."

농담은 설명할수록 재미가 없어지는데 회고록도 마찬가지다. 독자가 이야기에 빠져드는 데 필요한 정보를 유기적인 방식으로 제공해야 한다. 이를 해결하는 가장 좋은 방법은 한 등장인물이 다른 인물에게 무언가를 설명하도록 설정하는 것이다. 독자는 현장을 눈앞에서 목격하거나 대화를 엿듣는 것처럼 느낄 수 있다. 이 경우 한꺼번에 너무 많은 정보를 쏟아내지 않도록 절묘하게 수위를 조절하며 주의를 기울여야 한다.

내 아버지는 천부적인 이야기꾼이다. 그런데 진실에 대해서는 매우 관대한 태도를 보인다. 이야기가 더 나은 방향으로 전개된다면 잘 굴러가도록 거기에 기름칠을 해도 아무 문제가 없다고 본다. 하지만 내가 아버지의 이야기를 녹음하려 하자 이를 의식하며 '배운 사람'처럼 말하려 애썼다. 아버지는 특유의 힘을 잃어버렸고, 나는 좋은 이야기를 얻지 못했다. 다시 시도한다면 내가 원하는 것은 아버지의 진짜 모습이라는 사실을 알리고, 그가 긴장을 풀고 편안해지도록 유도하는 데 집중할 것이다.

내가 원하는 것은 글을 쓰는 당신의 진짜 모습이다. 당신이 정말 하고 싶은 이야기는 무엇이고 어떻게 말할 것인가?

# 시점, 시제, 관점 정하기

이 책에서는 글쓰기의 기술적인 측면을 많이 다루지 않지만 더 긴 글을 쓰기 전에 몇 가지 결정을 내리는 것이 좋다. 그것은 바로 글쓰기 기본 원칙이다. 더 실험적인 글을 쓰고 싶다면 이런 원칙은 얼마든지 무시해도 된다. 이번 꼭지가 지루하거나 따분하다면 건너뛰고 마음에 드는 부분부터 읽는다.

## 시점

나는 이 문장과 이 책의 대부분을 일인칭 시점으로 쓰고 있다. 때로 이인칭 시점을 써서 이렇게 말하기도 할 것이다. "당신은 이 모든 것에 대해 지나치게 걱정하지 않아도 된다. 자연스럽게 되면 그렇게 계속하면 된다." 가끔 일인칭 복수형을 쓸 때도 있다. 시점은 이렇게 유기적으로 변한다. "그것이 우리가 그 안에 함께 있고, 우리는 모두 같은 편이라는 느낌을 주길 바란다." 다시 일인칭 시점으로 돌아가, 나는 당신에게 설교를 늘어놓고 싶지 않다. 일반적으로 회고록에서는 일인칭 시점이 효과적이

149

므로 다른 시점으로 쓰고 싶은 열망이 없는 한 일인칭으로 시작하는 것을 추천한다.

## 시제

"나는 침대에서 글을 쓰고 있는데, 밖이 춥기도 하고 또 그것을 좋아하기 때문이다."

"나는 침대에서 글을 쓰고 있었는데, 밖이 춥기도 했고 또 그것을 좋아하기 때문이었다."

시제에서 가장 중요한 것은 일관성이다. 이랬다저랬다 해선 안 된다. 일반적으로 현재 시제로 시작해 과거 시제로 돌아가는 방식이 좋다.

"침대에서 글을 쓰고 있는데 우체부가 다녀가는 소리가 들린다. 소피의 손 글씨를 보자 나는 1990년대 그녀를 처음 만났을 때, 럽튼 플랫에 도착했을 무렵으로 돌아갔다. 소피는 이러저러했고… 우리는 어찌어찌 만났고… 우리는 이런저런 일을 했고… 나는 요런조런 생각이 들었다."

시제가 흔들리지 않도록 주의한다.

## 관점

회고록을 쓸 때는 다른 사람의 머릿속으로 파고들려 하지 않는 것이 좋다. 당신의 관점에서 이야기를 들려주고, 다른 사람에게 들은 말이나 나중에 알게 된 사실이 아니라 그 당시 알고 있었던 것에 초점을 맞추어 서술해야 한다. 당신이 책의 서술자이면서 동시에 이야기 주인공이기 때문이다. 이는 쉽지 않은 일이다. 당신은 지금 모든 것을 꿰뚫고 있는 현자이지만 회고록에서 활약하는 열일곱 살이기도 하다. 뒤늦게 깨달아 현재 알게 된 사실을 설명하거나, 심리치료사가 알려준 내용을 전달하기보다 그 당시 어린 자신의 관점에서 무슨 일이 일어나고 있는지 보여주는 것이 우리가 해야 할 일이다.

시점, 시제, 관점을 정하느라 깊은 수렁에 빠지지 않도록 주의한다. 나는 다른 일은 아무것도 하지 않고 내 소설의 첫 장이자 유일한 장의 시제를 과거에서 현재로, 다시 현재에서 과거로 바꿔가며 글을 고치는 데 몇 년을 흘려보냈다.

시제를 고치는 일은 힘든 작업이기 때문에 이 단계에서 어떻게 할지 마음을 정하면 앞으로의 여정이 순탄하게 흘러갈 것이다. 이런 결정을 내릴 때 다른 사람의 회고록을 읽어보면 도움이 된다. 처음 몇 페이지를 읽어보고 작가가 어떻게 쓰고 있는지 살핀다. 현재부터 시작해서 과거로 돌아가는 방식인가? 처음부터 끝까지 현재 시점에서 이야기하고 있는가? 그들은 작가와 등장인물 사이에서 어떻게 균형을 유지하고 있는가? 그들의 방법이 당신에게도 효과가 있을지 생각해본다.

# 생각의 문어와 씨름하기

실제로 내 머릿속에 들어 있는 것을 종이 위에 옮겨 적을 수 있다면 정말이지 끝내줄 텐데…. 절반은 게으름이고 나머지 절반은 무어라 표현하기 어려운 것이다.
– 노엘 갤러거

도대체 우리는 삶을 글로 옮기려고 어떤 식으로 자기 자신과 힘겨운 싸움을 벌이려는 걸까? 생각과 아이디어는 뒤죽박죽 넘쳐나는데 엉망인 삶에 어떻게 구조물을 세워야 할지 도무지 알 수 없다. 우리는 종종 자기 이야기를 하고 싶은 충동을 느끼면서도 그 이야기가 정확히 무엇인지 몰라 혼란스러워한다. 사실 그리 놀랄 일도 아니다. 삶은 매끄럽게 흘러가는 이야기로 존재하는 것이 아니라 헛된 기대, 잘못된 방향, 구불구불한 길, 막다른 골목으로 가득하기 때문이다.

나는 종종 이야기가 마구 터져 나오려 할 정도로 오랫동안 이야기를 품고 다니는 사람들을 만난다. 그 규모가 너무 방대해 이해하기 쉬운 문장으로 바꾸기 어려울 뿐 아니라, 그들은 아무것도 할 수 없을 만큼 그것에 압도당해 있다.

자신이 무엇을 쓰고 싶은지 아는 사람도 있고 그렇지 않은 사람도 있다. 혹은 자신이 어떤 주제로 글을 쓰고 싶은지 안다고 생각했는데 뒤늦게 주제를 잘못 골랐다는 사실을 깨달은 사람도 있다. '아, 나는 중국 생활에 대해 글을 쓰고 싶다고 생각했는데, 워크숍이 끝난 뒤 정말 쓰고 싶은 주제는 내가 다섯 살 때 부모님이 어떻게 헤어졌는지에 얽힌 이야기임을 깨달았다.'

주제를 정확히 모를 때 발생하는 유일한 문제는 그로 인해 우리가 글쓰기를 시작하지 못한다는 것이다. 사실 그런 일은 비일비재하다. 우리는 아직 자신이 무얼 쓰고 싶은지 모른다는 불편함을 견뎌내는 법을 배워야 생각을 써 내려갈 수 있다. 자기 안에 있을 것을 모두 끄집어내야 거기서 쓸 것을 감아올릴 수 있다.

회고록을 쓰기 시작할 때 혼란스러운 점은 우리가 읽은 모든 책이 우리 이야기와는 다르게 매끄럽고 논리적으로 흘러간다는 것이다. 책은 작가의 펜 끝에서 독자가 읽는 순서대로 흘러나온 것이 아니라 수없이 초고를 쓰고 편집자, 교열자, 마케터의 손을 거쳐 마지막으로 독자의 손에 쥐어진다. 이 과정을 이해하는 것이 중요하다.

완성된 책은 일차원적이다. 제아무리 이야기 구조가 흥미진진하더라도 우리는 한 단어에서 다음 단어로, 한 페이지에서 다음 페이지로 옮겨 가며 책을 읽어나간다. 그러나 우리의 다차원적 생각과 아이디어를 글로 옮길 때는 시간과 공간에 대한 다른 개념이 필요하다. 그것은 거대한 캔버스에 물감을 겹겹이 칠하거나, 조각 퍼즐을 맞추거나, 집을 짓는 행위에 가깝다. 나는 어떤 것은 다른 것보다 더 두툼하고, 또 어떤 것은 다른 것보다 더 긴 촉수를 지닌 문어를 상상하는 것에서 위안을 찾는다.

평생 책을 쓰면서 살고 싶었던 나는 마흔두 살에 마침내 『안녕, 매튜』를 완성할 때까지 계속 시작하고 포기하길 반복했다. 포기하는 나와 끝까지 해내는 나의 가장 큰 차이점은 그것을 길들이는 과정으로 보는 법을 배웠다는 것이다. 내 머릿속은 늘 무언가로 가득 차 있다. 내 주변 공간은 조각 퍼즐이나 체스 세트와 비슷하지만 불규칙하고 다채로운 애니메이션 게임 속에서 생각, 아이디어, 감정이 마구 떠올라 끊임없이 소란스럽다. 그런 가운데 종종 보이지 않는 곳에서 희미하게 의미가 빛을 발한다. 거기서부터 시작해 올바른 순서대로 수천 단어의 글을 써낸다는 것은 굉장히 힘든 일이다. 이럴 때는 마인드맵을 활용해야 한다. 마인드맵은 내 생각의 문어를 글로 풀어낼 기회를 제공한다. 나는 내가 어떤 생각에 사로잡혔는지 파악하고 나면 그것을 토대로 무언가를 쓸 수 있다.

자, 생각의 문어와 씨름을 시작해보자. 종이 한가운데 '내 삶의 이야기'라고 쓰고 머릿속에 떠오르는 생각, 이제까지 당신을 만든 모든 사건과 감정을 적고 마인드맵을 그려본다.

## 나의 길들이기 과정

내 첫 책『안녕, 매튜』는 대부분 남동생에 대한 이야기로 그에게 일어난 일을 담고 있다. 두 번째 책『마음의 고통을 다스리는 법』은 슬픔과 우울을 다루는 법에 대한 성찰을 담고 있다. 이 책은 자전적 요소를 포함하고 있긴 하지만 에세이보다 자기계발서에 가깝다. 세 번째 책『친애하는 독자에게*Dear Reader*』는 책에서 얻는 위안과 기쁨을 담은 독서 일기로, 앞의 두 책과 겹치는 내용도 있지만 전혀 다른 렌즈를 통해 통찰한다. 네 번째 책『모두가 아직 살아있다*Everyone Is Still Alive*』는 현대사회를 지배하는 불안과 결혼과 육아의 민낯을 다룬 소설로, 여기서 우리가 생각하는 범위에서 벗어난 방식으로 내 경험을 파고든다. 당신이 읽고 있는 이 책은 내 이야기를 글로 쓴 경험을 다루면서 당신도 자기 이야기를 글로 옮길 수 있도록 돕기 위해 쓴 또 다른 변형이다. 어떤 책보다 이 책이 독자를 직접적으로 끌어들이고 있지만, 독자와 소통하고 싶은 욕구는 다른 모든 책에서도 책을 쓴 원동력이자 나를 움직이는 요인으로 작용한다.

　내가 쓴 모든 책은 경험을 회고하고 나 자신에게 판단과 성찰의 기준을 제공하려는 열망에서 비롯되었다. 제법 목적의식이 느껴지지 않는가? 게다가 분명하기까지 하다! 그러나 내가 처음부터 이런 생각을 품고 있었던 것은 아니다. 나는 탐색할 주제의 목록을 작성하고 그것을 검토하는 순서로 책을 쓰지 않았다. 순서를 이해하고 내가 무엇을 하고 있었는지 파악하는 것은 결과에 바탕을 두고 되짚어보는 행위에 불과할 뿐이다.

나는 소설가 요안나 트롤럽을 인터뷰한 적이 있다. 그녀는 대단히 인상적인 사람이었다. 끊임없이 아이디어가 넘쳐나는 트롤럽은 현재 소설을 쓰고 있는데 아이디어가 머리 위에서 비행기처럼 빙빙 돈다고 말했다. 그녀는 글을 쓸 준비를 마치면 머리 위를 쳐다보며 이렇게 생각한단다. '좋아, 이제 내가 널 땅으로 데려다줄게.' 나는 그녀의 차분하고 평정심을 잃지 않는 태도가 진심으로 부럽다고 말했다. 만약 내 아이디어를 비행기라고 가정한다면 그것들은 서로 충돌해 불타고 추락하며 나는 그 파편에 맞을 것이다. 그러나 시간이 지나면서 나는 이것을 내 생각에 녹여 넣었고, 벽에 붙여둔 아이디어 마인드맵에도 그녀의 지혜를 조금이나마 실어 나른 것 같다.

이제 자기 자신으로, 마인드맵으로 돌아가보자. 당신은 많은 주제와 글감을 가지고 있을지 모른다. 당신 안에 책으로 빼곡히 들어찬 도서관이 통째로 들어 있을 수 있다. 지금은 그 어떤 것도 이해되지 않겠지만 흔들리지 말고 꾸준히 계속한다.

당신에게 가장 효과적인 것은 무엇인가? 아이디어가 비행기처럼 머리 위를 빙빙 도는 장면이 상상되는가? 아니면 문어의 촉수가 꿈틀거리는 장면이 떠오르는가? 문어가 약간 비호감이라면 당신의 뇌리를 사로잡고 있는 생각을 하늘에 떠 있는 알록달록한 빛깔의 연이라 상상해도 좋다. 그림으로 그려봐도 된다. 한껏 즐거움을 맛본 다음, 껑충 뛰어올라 연 꼬리를 하나 잡아당겨 본다. 그것이 당신이 맨 먼저 날릴 연이다.

주력할 아이디어를 고른 다음, 5분 동안 다음을 생각해보자.


내가 쓰고 싶은 주제는 _____.

깊이 파헤치고 싶은 것은 _____.

여전히 이해가 안 되는 것은 _____.

독자가 책에서 얻어갈 점은 _____.

마지막까지 내가 바라는 것은 _____.


주제를 선택했다면 다른 종이의 한가운데 적어놓고 한 번 더 마인드맵을 그려보자. 그중 하나를 골라 구체적인 장면으로 바꿔본다.


내가 기억하는 그때는 _____.


자유롭게 글을 써본 다음, 그것을 검토한다. 설명과 각색 사이의 균형을 유지하고 있는가? 세부 사항을 덧붙일 수 있는가?

당신의 감각을 더 사용할 수 있는가? 당신이 있는 방에 독자를 끌어들일 수 있는가? 그런 다음 프롬프트의 밑줄을 제거해보자. 이제 머릿속에서 장면이 펼쳐진다. 계속 노력하고 끊임없이 생각해야 한다. 더 많은 시간을 들이고 더 깊이 집중할수록 더 다양한 의미가 떠오를 것이다.

## 여섯 단어로 이야기 만들기

당신이 생각의 문어와 씨름하는 데 도움이 될 수 있는 간단하면서도 심오한 게임을 하나 소개하겠다. 자기 이야기를 여섯 단어로 들려주는 것이다.

예전에 내가 써먹은 문장은 다음과 같다.

"내게는 남동생이 있었는데, 그 애는 죽었다."

어느 날 강의를 하다가 그 문장을 다음과 같이 바꿀 수 있다는 생각이 뇌리를 스쳤다.

"내게는 아들이 있는데, 그 애는 살아있다."

이 게임을 설명해주었더니 맷은 『친애하는 독자에게』를 위한 나의 '여섯 단어 이야기'는 "나는 정말 정말 정말 책을 좋아한다"일 거라 말했다. 『친애하는 독자에게』를 네 단어로 바꾸면 "아픈 삶에는 책이 약이다"라고 할 수 있다. 『마음의 고통을 다스리는 법』은 "삶은 잔인하고 힘들긴 하지만 아름다운 것이다" 혹은 "가지 말고 머물러라. 그만한 가치가 있다"가 될 것이다.

당신의 이야기는 어떻게 나올까? 5분 동안 시간을 갖고 되도록 많은 이야기를 만들어보자.

# 제목 뽑기 게임 하기

이 게임은 글의 주제를 고려하는 데 도움이 되는 기법이다. 아직 정해지지 않았다면 프로젝트 가제라는 대어를 낚아 올리는 부수적 효과도 기대할 수 있다. 다음 책 제목을 보고 그에 맞추어 자기 이야기를 변형해보자. 어떻게 하는지 알려주기 위해 내가 먼저 해보겠다.

『다시 찾은 브라이즈헤드』에벌린 워

『나의 눈부신 친구』엘레네 페란테

『매기와 나 *Maggie & Me*』데이미언 바

『상투를 튼 소년 *The Boy with the Topknot*』사스남 상게라

『사랑의 종말』그레이엄 그린

『사랑의 추구 *The Pursuit of Love*』낸시 밋퍼드

『나의 프로방스』피터 메일

『아일랜드 반군의 고백 *Confessions of an Irish Rebel*』브렌던 비언

**내가 뽑은「안녕, 매튜」제목**

다시 찾은 스네이스

나의 눈부신 남동생

매튜와 나

깨어나지 못한 소년

누나가 되는 것의 종말

완전히 더러운 기분을 느끼지 않는 것의 추구

노르망디에서의 일 년

비탄에 빠진 누나의 고백


**내가 뽑은「친애하는 독자에게」제목**

다시 찾은 책

나의 눈부신 책장

독서와 나

책가방을 든 소녀

챕터의 종말

삶의 추구

해러즈에서의 일 년/프랑스에서의 일 년

전문 독자의 고백


이런 제목 뽑기 게임은 얼마든지 할 수 있다. 서점의 회고록 코너 진열대 앞이나 주말 신문에 실린 서평을 읽을 때 할 만한 놀이로 손색없다. 베스트셀러 목록에 있는 모든 책 제목으로도 해보면서 언젠가 당신의 책이 그 사이에 있을 거라고 상상해보자.

# 구상에 대해 구상하기

의지는 실력의 결과로 진화한다. 시도하기 전에는 자신이 무얼 하고 있
는지 모른다. 실력이 늘면 덩달아 야망도 커진다. 그러나 글을 쓰는 일
만큼은 호흡을 가다듬고 한 줄 한 줄 써 내려가야 한다.
- 힐러리 맨틀

소설가이자 내 친구인 킷 드 발과 패트릭 게일 같은 희귀한 인
간들이 있다. 그들은 먼저 책의 전체 개요를 구상한 다음, 작품
의 골자가 될 사건이나 내용에 대한 생각을 정리하기 전까지
글쓰기를 시작하지 않는다.

　나는 그렇게 할 수 없다. 내가 모든 사실을 다 쥐고 있는 회고
록을 쓸 때조차도 막상 글을 쓰기 전까지는 내가 무얼 쓰고 싶
은지 전혀 알지 못 한다. 구상하는 일이 따분하거나 창의적이
지 않다고 생각하는 것은 절대 아니다. 나도 글을 쓰기 전에 구
상부터 하고 싶지만 그것이 잘 안 된다. 나는 한 치 앞을 내다볼
수 없는 사람이기 때문이다. 때로 결말을 알고 있거나, 후반부
에 전개할 내용을 미리 생각해두기도 하지만 거기까지 어떻게
이야기를 끌고 가야 할지 모른다.

자신에게 글쓰기는 휘몰아치는 눈보라 속을 걸어가는 것과 같다는 소설가 매기 오파렐의 말에 전적으로 동의한다. 이리저리 더듬거리며 가다 보면 마침내 내 길을 찾을 거라 믿는다.

# 아이디어 쓰레기통 털기

글쓰기는 안개가 자욱한 밤길을 운전하는 것과 같다.
전조등이 비치는 곳만 보이며 그렇게 끝까지 가야 한다.
-에드거 닥터로

언젠가 테드토크의 수석 큐레이터 크리스 앤더슨을 인터뷰한 적이 있다. 그는 종종 연사들의 연설을 다듬는 작업을 돕는다고 말했다. 그들은 쓰레기통에 콘텐츠를 잔뜩 담아오는데 그 아이디어를 여행으로 바꾸는 작업이다. 나는 이 표현이 정말 마음에 든다!

프로젝트 초기 단계에 나는 콘텐츠로 쓰레기통을 가득 채운 다음, 그것을 다른 사람이 읽을 만한 여행으로 재구성할 것이다. 쓰레기통에 무엇이 들어 있는지 알기 전까지는 여행을 구상할 수 없다. 바로 이 점이 흥미롭다. 프로젝트를 시작할 때 나는 '쓰레기통을 하나 마련해놓고 종잇조각에 글을 쓴다. 그런 다음 그것으로 종이비행기를 접어 쓰레기통을 향해 날리고는 그 안에 무엇이 들어 있는지 볼 거야'라고 생각한다. 지금껏 나는 이 일을 은유적으로만 해왔는데 실제로도 시도해보고 싶다.

# 고치기보단 일단 쓰기

일단 우리가 글을 조금이라도 쓰면 끊임없이 고친다는 것이 함정이다. 우리는 첫 문장을, 첫 단락을, 첫 장을 끝도 없이 손대고 싶은 유혹에 시달린다. 어째서 이것은 좋은 생각이 아닐까? 글쓰기는 유기적 과정이고, 우리가 글을 고치면서 바뀌게 되는 상황을 결코 과소평가해선 안 되기 때문이다. 완성된 책의 첫 장은 아직 일어나지 않은 일, 아직 기억하지 못한 일, 아직 탐색 중이며 핵심 주제로 여기지 않은 일로 끝날 수 있다. 따라서 현재 쓰고 있는 글을 끊임없이 다듬는 것은 의미 없는 일이다.

이는 당신이 계단에 발을 내딛기도 전에 현관문을 윤이 나게 닦는 것과 같다. 글쓰기에 너무 몰두해, 글쓰기와 사랑에 빠져 혹은 그 모든 노력이 물거품이 될까 봐 두려워 판단력이 흐려지는 바람에 더 나은 방향으로 가는 다른 방법을 모색할 엄두를 못 내게 된다.

포커 게임에는 자기 손과 결혼해선 안 된다는 말이 있다. 바꾸어 말하면 카드에 너무 열중하다 보면 어떤 카드가 좋은지

나쁜지에 대한 판단력을 잃게 된다. 이 말은 글쓰기에도 적용된다. 글을 쓸 때 우리는 글의 특정 부분과 결혼해선 안 된다. 작품의 발전을 위해 그 부분을 잘라내야 할 수 있기 때문이다.

이때 작가로서 자아와 편집자로서 자아라는 두 가지 자아 개념을 고려하는 것이 도움이 될 수 있다. 작가적 자아는 상상력이 풍부하고 장난기가 넘친다. 반면에 편집자적 자아는 작가가 한 일에 사사건건 걸고넘어지기를 좋아한다. 편집자적 자아는 이렇게 말하곤 한다. "말도 안 되는 소리야." "문법이 엉망이야." "전혀 독창적인 생각이 아닌데." "다른 일을 해야 하는 거 아니야?" "왜 할 말이 있다고 생각하는 거야?" "이건 누군가 전에 한 말 아닌가? 더 멋지게 말이야."

문제는 우리가 창의성 특유의 뒤엉키는 아름다운 성질에 지레 겁먹고는 편집자의 사고방식으로 너무 빠르게 옮겨간다는 것이다. 편집자적 자아가 필요하지만 아직은 때가 아니다! 지금 우리에게 필요한 것은 명확하지 않은 것을 견뎌내고, 프로젝트에 대한 열망과 머릿속에서 맴도는 온갖 생각들 사이의 틈을 용인하는 일이다. 이 단계를 무사히 통과하고 나면 자신을 가로막고 있는 벽을 무너뜨려 아이디어가 흘러나오게 할 수 있다. 처음에는 이 작업을 하면서 쉽게 상처받을 수 있다. 당신의 새싹을 누군가의 관심이라는 혹독한 태양에, 심지어 당신의 관심에도 노출해선 안 된다.

나의 작가적 자아는 쉽게 상처를 받고, 다른 사람의 시선을 의식하며, 근사한 것을 만들어내고 싶어 한다. 만약 짜증이 난다거나 써놓은 글이 부끄러우면 이 자아는 필사적으로 도구를 내려놓고 포기하는 경향이 있다. 나는 작가적 자아를 계속 유지하기 위해 이 단계에서 그 자아가 작품의 질을 생각하지 못하게 막는다. 부모가 아이의 지능보다 노력을 칭찬하듯, 나도 작품의 질보다 작가적 자아의 노력에 아낌없는 찬사를 보낸다. 나는 작가적 자아가 의자에 앉아 글을 쓰는 것을 칭찬해준다. 다른 것은 중요치 않다. 작품의 질에 대해서는 어떤 토론이나 추측도 못 하게 한다. 나는 편집자적 자아에게 나중에 그의 시간이 올 것이며, 지금은 그저 재미 삼아 종이를 가지고 놀며 몇 마디를 적는 것뿐이라 말한다.

# 불안을 잠재우는 자기 다짐하기

이제 나는 당신에게 자신에게 다짐하라고 제안할 것이다.

불안은 문지방에서 찾아드는 감정이다. 불안을 느끼면 우리는 하던 일을 잠시 멈추고 '무언가 불편하다'라고 생각한다. 그런 다음 그것을 주의 깊게 살펴보고 앞으로 나아가거나 뒤로 물러서거나 한다. 그러나 우리는 주로 문지방에서 옴짝달싹 못하고 초조해한다.

이렇게 발이 묶인 상태에서 빠져나오는 방법은 자신에게 다짐하는 것이다. '내 이야기를 글로 쓸 거야. 하지만 내가 원하지 않으면 아무에게도 보여주지 않아도 되는 거야'라고 자신에게 약속한다. 그러면 두려움에서 벗어나 은밀한 창조의 웅덩이로 빠져들게 될 것이다.

# 이상적인 독자 상상하기

대개 나는 순전히 초고를 위해 일부러 바깥세상을 깡그리 잊으려 하지만 이 책을 쓰면서 다른 선택지가 있다는 사실을 깨달았다. 그것은 바로 이 책을 읽고 있는 당신 덕분이다.

지나치게 걱정이 많은 나 같은 사람은 까다롭고 비판적이며 비꼬는 독자를 상상하지 않는 일이 여전히 중요하다. 하지만 나는 이상적인 독자를 생각해냈는데 이 책을 위해—다정하고, 지적이고, 열심이고, 간절히 글을 쓰고 싶어 하는—당신을 자주 떠올린다. 그것은 이 책을 쓰는 데 매우 큰 도움이 되었다. 무엇보다 글을 쓰는 동안 외롭지 않았다.

그렇다면 이상적인 독자는 누구일까? 내게는 실제 사람이 아니라 가공의 인물로, 나를 자극하고 가장 나답게 느끼게끔 해주는 유쾌한 존재다. 당연히 부대 선임 하사관보다 치어리더가 낫지만, 곤란하거나 말도 안 되는 질문도 서슴없이 던져야 한다.

당신이 꿈꾸는 독자는 누구인가? 그들은 당신 이야기에 관심을 보이고 참여하며 더 많은 것을 듣고 싶어 한다. 또한 당신을 있는 그대로 좋아한다. 당신이 더 깊이 파고들고 더 솔직한 글을 쓰길 바라지, 스스로 부족하다고 책망하는 것을 바라진 않는다. 그들이 원하는 것은 최고의 당신 모습이 아니라—그들은 귀밑의 사마귀쯤은 개의치 않는다—가장 당신다운 모습이다. 그들은 당신을 아끼고 격려한다. 당신이 글쓰기 구덩이에서 더럽고 지저분하며 심지어 피투성이가 될 때도 그들은 여전히 당신 편이다. 당신이 구덩이에서 올라오면 응원해줄 것이다. 그들은 당신의 글을 기다리고 있다. 당신이 마음에 품어볼 만한 독자의 모습이다.

# 초고를 쓰는 두 가지 방법

초고 쓰기는 두 가지 방법으로 접근할 수 있다.

> **모든 초고는 다 쓰레기다.**
>
> – 어니스트 헤밍웨이

## 채굴하기

초고 쓰기의 기본 원리는 이야기하고 싶은 내용을 그저 글로 적어두는 것이다. 모든 걱정은 접어두고 마음속에 있는 것을 남김없이 꺼내 글로 옮긴다. 올바른 순서도 필요 없고, 괜찮은 글인지 아닌지 스스로 판단해서도 안 된다. 이 단계에서는 그저 마음속에 있는 것을 끄집어내기만 하면 된다. 술집에서 사람들이 술을 너무 많이 마셔 속이 메스꺼울 때 토하는 것처럼 우리를 괴롭히는 악마를 마음속에 담아두는 것보다 밖으로 꺼내놓는 것이 낫다. 나는 이것을 '채굴 초고'라고 한다. 채굴을 구토라고 생각하고, 그것을 구토 초고나 제로 초고라 불러도 좋다. 이 단계에서는 자신에 대한 기대를 대폭 낮추는 것이 도움이 된다.

어디서부터 이야기를 시작할지 결정하는 것은 초고에서 다룰 문제가 아니다. 문체를 일관성 있게 유지하는 것도 초고에서 고려할 사항이 아니다. 시제를 통일해서 쓴다면 편집이 한결 수월할 테지만—물론 시도해보고 싶을 수도 있고, 자연스럽게 그렇게 나올 수도 있다—그것도 역시 초고에서 다룰 문제는 아니다. 여기서는 가슴속에 있는 것을 토해내는 데 의의가 있다. 그것들은 일부러 끄집어내 글로 쓰지 않으면 밖으로 나가지 못하고 꼼짝없이 자기 안에 갇히게 된다. 당신은 진실한 것을 거침없이 토해낼 수 있다. 이 사실을 실감하는 것이 중요하다.

술을 마시는 것이 내게 그토록 좋지 않았던 이유는 맨정신으로는 내 문제를 해결하려 들지 않았고, 술에 취하면 내 이야기를 들어주는 사람이라면 누구든 붙잡고 끝없이 말했기 때문이다. 술에 취했다는 사실 자체가 사실 아무것도 않고 주변을 맴돌기만 했다는 것을 의미했다. 마찬가지로 심리치료를 받을 때도 나는 아무런 진전을 보지 못하고 같은 일을 한없이 반복하는 기분이었다. 그러나 우리를 괴롭히는 마음속 악마를 끄집어내 글로 옮긴다면 실제로 그 악마를 처리할 수 있다. 악마들은 당신 안의 어디에 숨어 있는가? 나의 악마들은 내 뱃속을 휘젓고 다니며 춤춘다. 온갖 추한 비밀, 내가 수치스럽게 여기는 행동, 모든 두려움이 그 진창에서 철버덕거리며 다닌다.

다 쏟아내야 하지만 그것을 다른 사람과 공유할 필요는 없다. 내가 출간한 책마다 결국 편집실 바닥으로 떨어지고 만 수천 단어로 이루어진 그림자 쌍둥이가 드리워져 있다. 버려지는 것에 대해 괘념치 말라. 밖으로 토해내야 어디에 초점을 맞출지 알 수 있다. 나머지는 다른 용도로 사용할 수 있다. 다음 책은 무엇을 쓸지 어렴풋이 감이 잡히기 시작할 것이다. 그것이 빙산을 형성하면 당신은 거기에 한 조각을 새기면 된다.

> 초고란 그저 자기 자신에게 이야기하는 것이다.
>
> – 테리 프랫쳇

## 장면 주제 적기

약간의 지침이나 틀이 필요하다면 이렇게 해보자. 당신의 삶을 마인드맵으로 그려본다. 책으로 다루고 싶은 내용을 포착하면 그것을 따라가거나 아니면 새로운 마인드맵을 만들고 한가운데 "내 책의 주제는 _____"라고 쓴다.

자, 다시 한번 보자. 마인드맵은 사건의 주제나 대략적인 설명으로 가득 차 있을 것이다. 그 모든 것을 최소한 하나의 장면으로 전환해 생명을 불어넣어본다. 만약 '뉴욕'이라 썼다면 '내가 지낼 곳이 없다고 생각하는 출입국 관리소 직원과의 말다

툼'이라 덧붙일 수 있다.

다음은 내가 뽑은 주제 목록과 장면들이다.

> 매튜의 사고: 길바닥에서 무릎 꿇기/예배실에서 기도하기/친척의 방
>
> 교육: 그녀는 종합중등학교comprehensive school(통합고등학교를 말한다 – 옮
> 긴이)를 나온 사람치고는 말씨가 세련되고 점잖지 않나?
>
> 콘월주로 이사하기: 책으로 둘러싸인 바닥에 눕기/니나와 함께 걷기
>
> 봉쇄 조치: 가족과 함께 걷기/장미 심기/코로나바이러스 동백나무/해변
> 에서 울기

이제 당신의 장면을 살펴보고 시간 순서대로 배열해보자. 마법 같지 않은가? 이것을 토대로 초고의 뼈대를 세워보자. 그런 다음 장면을 써 내려가는 것이다. 혹시 빠뜨린 것이 없는지 걱정할 필요 없다. 나중에 추가할 수 있다. 이렇게 장면 주제를 적어보면 백지상태보다 더 많은 지침을 얻을 수 있다.

나는 모든 책을 첫 번째 방식으로 썼지만, 강의를 하면서 두 번째 방식을 고안했고 그것이 수강생들에게 도움이 된다는 사실을 확인했다. 두 번째 방식을 이용하면 곧바로 행동에 옮기게 되고, 독자를 물리적 세계로 끌어들이며 설명과 내적 독백에 지나치게 얽매이는 것을 방지할 수 있다.

또 다른 회고록을 쓴다면 나는 두 번째 방식으로 접근해보고 싶다. 이 방법을 활용하면 시간을 절약할 수 있을 테지만 그렇더라도 빙산의 일각을 만드는 과정은 여전히 필요하다.

# 힘든 이야기 꺼내 보이기

용기를 내라. 가장 말하기 두려운 것에 용기를 내라.
그것이 바로 당신이 말해야 하는 것이다.
당신 안에는 입 밖에 내야 하는 수많은 기쁨과 슬픔이 있다.
당신이 두려워하는 것을 입 밖에 낼 때 전 세계 얼마나 많은 사람이
다음과 같이 말할지 안다면 깜짝 놀랄 것이다.
"와, 나도 그래요. 내 감정에 목소리를 입혀줘서 고마워요."
– 니키타 길

나는 자기 이야기를 하고 싶어 하는 사람들은 물론 이야기하기
싫어하는 사람들도 자주 만난다. 그들은 자신을 표현하라는 요
구를 받으면 말하기 곤란하거나 고통스러운 부분은 빠트리거
나 얼버무리고 넘어가려 한다.

엄마와 관계가 소원해진 로스는 두 사람의 관계가 억압적인
이유가 아니라 자신이 느끼는 해방감에 대해 글을 쓰고 싶어
한다. 미첼은 폭력적인 배우자에 대해서가 아니라 탈출의 기쁨
에 대해 글을 쓰고 싶어 한다. 그들은 둘 다 그런 사람들에게 삶
을 낭비했다고 여기고, 그런 사람들에 대한 글을 써서 독자를
따분하게 하거나 화나게 할까 봐 걱정한다.

나도 비슷한 상황을 겪어보았기 때문에 이들의 마음에 깊이 공감한다. 그러나 자유를 얻거나 원래 상태로 돌아가는 것은 예전 삶이 어땠는지 살펴볼 때—읽기 위해 글을 쓰는 경우— 비로소 의미가 있다. 여기에는 뚜렷하게 대조를 보이는 서술 방식이 필요하다. 그러므로 독자를 우울하게 할까 봐 마음 졸일 필요 없다. 우리는 빛과 그늘을 찾아야 한다. 물론 희망과 유머가 필요하지만 프로젝트를 시작할 때는 이런 것들을 찾아보기 어렵다.

나는 사람들이 『안녕, 매튜』를 긍정적이고 재미있는 책이라 생각할 줄은 꿈에도 몰랐다. 처음부터 그것을 목표로 글을 썼다면 나는 아마 해내지 못했을 것이다. 『안녕, 매튜』의 최종 완성본은 내가 썼던 원고 구성이 아니다. 처음에는 뒤죽박죽으로 썼고 편집을 하면서 지금의 구조로 글을 고쳤다. 다른 방식으로는 글을 쓸 수 없었다. 그 이유는 내게 글쓰기를 방해하는 요인들이 일찌감치 몰려왔기 때문이다.

매튜가 차에 치인 날 밤과 처음 며칠에 대해서는 글을 쓸 수 있었지만, 차츰 희망이 무너져 절망으로 바뀌는 감정 변화를 추적하는 것이 너무 힘들다는 사실을 깨달았다. 동생의 사고와 죽음 사이에 8년이라는 세월이 흘렀고, 나는 여전히 그것을 마주할 수 없었다. 그 과정을 거치지 않고 글을 쓸 수 있길 바라며 신문 기사와 의사 소견서, 엄마 일기에서 발췌한 내용을 원고에 붙여 넣었다. 그것으로 충분할 줄 알았는데 글을 고치면서 그렇지 않다는 사실을 알았다.

글이 막혔다. 나는 친구 사라에게 이렇게 말했다. "난 못할 것 같아. 그 8년이 없었더라면, 내가 목격하지 않았더라면, 내가 살아있지 않았더라면 얼마나 좋았을까?"

사라가 말했다. "그 8년을 표현할 말을 찾는다고 생각할 수 있지 않을까? 글로 표현할 방법을 찾는 거지. 힘들겠지만 네가 해야 할 일인 거 같아."

나는 사라의 말대로 했다. 힘든 일이었지만, 내가 그 일을 해냈다는 사실이 너무나 감사하다. 이제 그때의 시간과 사고를 억압하고 나 자신에게서 분리하기보다 내 경험의 일부로 받아들이게 되었다. 그 결과 기분도 한결 나아지고 나 자신과도 화해했다. 내게 글쓰기는 힘든 인생길을 걸어왔지만 살아남은 완전한 인간으로 나를 받아들이는 데 없어서는 안 될 요소가 되었다.

그것이 바로 내가 로스와 미첼에게 바라는 점이다. 내가 그들에게 자신의 고통을 글로 적어보라고 부드럽고 정중하게 설득하는 이유다. 숨김없이 털어놓을수록 자신에게 더 많은 질문을 던질 수 있고, 더 많은 변화가 일어날 수 있다. 앞서 말했듯 그렇게 쓴 원고를 다른 사람에게 내보일 필요는 없다. 원고를 채굴하는 단계일 뿐이므로 모든 것을 독자 앞에 꺼내놓지 않아도 된다. 괴로운 일이 있을 때 그중 일부만 내보여도 용기를 얻을 수 있다. 독자에게 얼마나 내보일지는 나중에 글을 고치면서 결정해도 되므로 일단 자신을 깊이 파고든다.

이 단계에서 얻을 수 있는 뜻밖의 이점은, 우리가 끔찍하게 여기고 우리 안에 꽁꽁 감춰둔 것이 밖으로 나와 빛을 받으면 생각만큼 나쁘지 않다는 것이다. 그것은 달콤하고 밝은 기억을 가두고 있다. 당신이 가장 어둡고 수치스러운 비밀과 함께 무엇을 끄집어내는지 보면 깜짝 놀랄 것이다.

# 사랑과 연민으로 글 대하기

그녀는 내가 겪은 위험 때문에 나를 사랑했고,
나는 그 위험들을 가엾게 여기는 그녀를 사랑했다.
-윌리엄 셰익스피어

오셀로와 데스데모나가 서로 사랑한 것처럼 당신도 자신을 사랑할 수 있다. 그녀는 그의 경험을 소중하게 생각하고 그는 그녀의 연민을 가치 있게 여긴다. 힘든 감정에 대한 글쓰기는 용기가 필요하지만 그만한 보상이 주어진다. 그런 감정에 대한 의식이 높아질수록 자신과 다른 사람에게 부드러워질 수 있다. 마음의 짐을 내려놓고 연민 어린 시선으로 다정하게 자신을 바라볼 때 궁극적으로 위안을 얻고 해방감을 느낄 수 있다.

『안녕, 매튜』의 집필이 막바지에 이르렀을 때 나는 우연히 '킨츠기金継ぎ'라는 단어를 접했다. 킨츠기는 깨진 그릇의 금 간 자리를 금으로 채워 넣어, 깨진 흔적을 숨기거나 칠해서 덮어야 할 것이 아니라 그릇의 역사에 고유하고 가치 있는 부분으로 자리 잡게 하는 일본식 도자기 기법이다. 이는 글쓰기와 삶을 위한 아름답고 유익한 은유가 될 수 있다.

# 작업 제안서 쓰기

제안서는 출판사에 원고를 팔기 위해 에이전트가 사용하는 것으로, 초고라는 배를 타고 출항하기에 앞서 자기 가이드로 삼으면 유용하다. 이 단계에서 누군가 그것을 본다고 불안해하지 않아도 된다. 제안서는 단지 당신을 위해 작성하는 것이다. 지금까지 거쳐 온 과정을 돌아보면서 흥미로운 사실을 발견할 수 있는 도구다. 제안서는 몇 페이지면 충분하다. 가제를 적은 다음, 초고에서 탐구하고 싶은 내용을 한 단락으로 정리한다. '생각의 문어와 씨름하기'에서 소개한 프롬프트를 사용하면 도움이 될 것이다. 장면 목록이 있다면 그것도 넣는다. 그런 다음 완성된 제안서를 노트나 벽에 붙여 놓는다.

# 그 외 질문이 있다면

이제 준비가 거의 다 되었다. 질문 있는가?

### 채굴 초고는 얼마나 길게 써야 하나?

원하는 만큼 써도 좋다. 나는 한 번에 장편의 책을 완성하는 것을 목표로 하지 않는다. 보통 "한 달 동안 매주 월요일부터 목요일까지 매일 두 시간씩 글을 써야지" 혹은 "9월까지 2만 단어를 쓰고 싶어"라고 목표를 세운다. 현실적으로 달성 가능한 목표를 세워야 한다. 『안녕, 매튜』를 쓸 때 나는 어떤 순서로 쓸지, 괜찮은 글인지 신경 쓰지 않고 8월부터 12월까지 매달 5천 단어씩 글을 쓰기로 다짐했다. 일정 기간 내에 작품을 완성하는 것을 목표로 삼는 작가들도 있으니, 이것저것 시도해보면서 자신에게 맞는 방법을 찾는다.

### 내가 제대로 하고 있는지 알 수 없다면?

글을 쓰면서 자신이 제대로 하고 있는지 궁금할 때가 많다. 쾌감을 맛보면 좋은 징조라고 말하는 작가들도 있지만 내게는 별 도움이 되지 않았다. 나는 글쓰기 과정이 인간의 뇌로 이해할 수 없을 만큼 신비에 싸인 신의 영역이라 믿는다. 그처럼 수수께끼 같은 과정에 대한 답을 찾느라 에너지를 쏟아부을 필요 없다. 그냥 포기하면 된다. 글을 쓰기만 하면 나머지는 저절로 해결되는 법이다.

## 무엇이 필요한지 잘 모르겠다면?

글을 쓰면서 자신에게 무엇이 필요한지 알아내는 것이 핵심이다. 그것이 내게 맞은 방법이다. 글을 조금 쓰다 보면 윤곽이 잡히기 시작하면서 글도 풀리고 머릿속도 정리된다. 이는 퍼즐을 맞추는 것과 같다. 처음에는 많은 양의 퍼즐 조각으로 시작하는데, 조각을 맞춰 나가면서 어떻게 해야 할지 감이 잡힌다.

## 계획을 세우는 것이 더 낫다고 생각한다면?

좋다, 그럼 계획을 세워보자. 그 방법이 더 효과적인 사람들도 있다. 계획이 틀어지면 언제든 돌아와 다시 시도해도 된다.

## 글쓰기가 끝나면 무얼 해야 하나?

나는 원고를 출력해서 리본으로 묶어놓거나 아니면 상자나 서랍에 넣어두고, 적어도 일주일에서 최대 한 달 동안 원고가 숨

쉬게 내버려 둔다. 그런 다음 나 자신을 축하해준다. 그저 즐겁게 보내면 된다. 거창한 의식 따위는 필요 없다. 예전에는 술을 마시곤 했는데 요즘은 달리거나 수영하거나 가족들과 외식한다. 침대에 누워 쉬거나 온종일 책을 볼 때도 있다. 컴퓨터는 끄고 머리를 쉬게 한다. 중요한 것은 자신의 노력을 치하하고 축하 분위기를 조성하는 일이다. 멋진 작가인 당신은 해냈다. 글쓰기 작업으로 돌아갈 날짜를 달력에 표시하고 되도록 잊어버리는 것이 좋다. 그리고 다른 일을 한다. 짧은 이야기를 쓰거나, 독서 삼매경에 빠지거나, 새로운 일에 취미를 가져 본다.

## 목표를 달성했는데도 멈추고 싶지 않다면?

계속한다! 타이머와 같은 원리다. 5분으로 맞추었다 해서 5분으로 끝내라는 법은 없다. 당신이 몰입한 상태라면 글쓰기가 끝날 때까지, 쉬고 싶다고 느낄 때까지 계속해도 된다. 나는 단숨에 책을 써본 적이 없지만 당신은 할 수 있을지 모른다. 한 번 해보는 것이다!

## 원고를 서랍에 넣었는데 아이디어가 계속 떠오른다면?

나는 문서를 하나 더 만들거나, 플립차트를 이용해 떠오르는 아이디어를 모두 적어둔다. 원본은 절대 건드리지 않고 쉬게 내버려 두는 것이 중요하다.

### 새로운 아이디어가 떠오른다면?

작업을 해도 된다. 그런 일은 늘 생기기 마련이다. 우리를 사로 잡은 감정을 다스리고 꺼내서 빛을 보게 할 때—아무리 뒤죽박 죽 엉망이라 해도—우리는 다음 책을 위한 공간을 마련할 수 있다. 새로운 아이디어가 떠오르면 얼마든지 작업해도 되지만 무리할 필요는 없다. 그것이 옳다고 생각하면 일단 시도해보고 진정으로 즐겁지 않다면 휴식을 취한다. 행운을 빈다!

# 글쓰기 서약하기

드디어 때가 왔다. 다음 문장을 활용해 최선을 다하겠다고 자신에게 헌신 서약을 해보자.

내가 이 책을 쓰고 싶은 이유는 _____.

나를 방해하는 것은 _____.

이 문제를 해결하기 위한 내 전략은 _____.

이것도 해볼까 하는데, 그것은 _____.

당분간 생각하지 않으려는 것은 _____.

이 프로젝트를 마치고 내가 집중하려는 것은 _____.

일을 끝내기 위해 내가 한 서약은 _____.

나와 한 약속은 _____.

일을 분배해서 언제까지 할 것이냐면 _____.

제대로 구성하기 위해 미리 할 수 있는 실용적인 일이 있을까? _____.

재미있는 일이 있을까? _____.

내일/다음 주에 할 일은 _____.

# 회고록 방정식 다시 쓰기

당신 + 경험 + 헌신 = 초고

# 3부

# 다듬고
# 고치기

Write It All Down

# 창작의 고통을 덜어주는 소소한 일들

때로 호기심 어리고 장난기 가득한 눈으로 사뭇 다른 관점에서 글쓰기를 대하는 것이 도움이 될 수 있다. 다음은 글을 쓰는 과정에서 영감을 불러일으키는 데 도움이 되는 여가 활동이다.

### 재생 목록 만들기

당신이 쓴 회고록의 특징을 잘 나타내는 음악들을 모아 재생 목록을 만들어본다. 음악은 좋은 기억이나 감정을 자극한다. 나는 굉장히 주의가 산만한 사람이라 음악을 틀어놓고 글을 쓸 수 없지만 당신은 다를 수 있다. 하지만 책에 노래 가사를 끌어다 쓰면 엄청난 비용이 들기 때문에 조심해야 한다. 간혹 가사를 광범위하게 인용하고 가사에서 느낀 점을 설명하는 수강생들도 있다. 음악은 글에 넣기보다 영감을 불러일으키기 위해, 예전의 자신으로 돌아가기 위해 귀로 듣는 것이 좋다.

## 연대표 만들기

살면서 경험한 사건을 표로 만들어본다. 세계적 사건, 스포츠 경기, 음악 콘서트 등 글쓰기에 도움이 되거나 영감을 줄 만한 일은 세로축에 써넣는다. 이 훈련은 관련 사건이 언제, 어디서 일어났는지 재확인하는 데 유용하다. 새로운 탐색의 길을 발견하는 기쁨도 맛볼 수 있다.

## 범죄 현장 게시판 만들기

탐정 프로그램에서 피해자 사진과 지도를 붙여놓은 범죄 현장 게시판을 본 적이 있는가? 나는 책마다 이런 범죄 현장 게시판을 하나씩 갖고 있다. 그것은 내 책을 벽에 붙이는 것을 말한다. 나는 작업이 끝나면 다시 떼고 새로운 책을 위한 공간을 마련하는 의식을 기대하고 즐긴다.

## 구두 상자 마련하기

나는 모든 책을 위한 상자를 하나 갖고 있다. 이유는 모르지만 그때그때 쓸모 있다고 생각되는 물건을 모아 상자에 넣어둔다. 물건을 아무렇게나 던져넣고는 가끔 그것들을 꺼내보면 새로운 생각이나 잊고 있던 것이 떠오른다.

## 견학하기

자기 이야기에 나오는 장소 중 한 곳을 찾아가본다. 거리를 걸으며 예전의 자신과 연결을 시도해본다. 당신이 지나온 곳을 하나하나 살펴본다. 모습이 변했는가, 아니면 예전 그대로인가? 독자에게 어떻게 설명할 수 있을까? 이 여행이 당신의 책에 들어가거나 배경으로 쓰일 수 있다. 그런 장소에 실제로 찾아가지 못하면 구글어스에서 탐색해보아도 된다.

## 어린 시절 나를 위한 선물 사기

나는 열일곱 살의 내게 보라색 닥터마틴 신발을 한 켤레 사주었다. 이는 그 시절 나와 연결되는 유용하고 꽤 그럴듯한 방법이었다. 당신은 어린 시절 자신에게 어떤 선물을 하겠는가? 무얼 좋아했는가? 당시 갖지 못했지만 필요했던 것은 무엇인가?

## 시각화하기

소설가 버나딘 에바리스토는 자신이 부커상을 타는 모습을 상상했고 실제로 수상했다! 시각화는 글쓰기를 위한 강력한 도구이며 공상에 잠기는 것과 매우 비슷하다. 나는 시각화를 할 때 구체적 성과를 기대하기보다 그저 일을 끝내는 데 집중하는 편이다. 프린터 옆에 서서 초고가 출력될 때 미소를 짓거나, 편집자에게 이메일 보내기 버튼을 클릭하는 내 모습을 머릿속에 그린다. 잠자리에 들면서 다음 날 아침 커피를 내리고, 머그잔을 들고 책상 앞에 앉을 때 열의에 차고 기분이 좋아 보이는 모습을 상상한다.

## 무드 보드 혹은 비전 보드 만들기

무드 보드 혹은 비전 보드는 특정 주제를 설명하기 위해 텍스트, 이미지, 개체 등을 결합해 보여주는 보드를 말한다. 이것을 만드는 방법은, 종이 위나 모니터 화면에 이미지를 모아 콜라주를 구성하는 것이다. 보드 만들기는 책을 쓰기 위해, 더 나아가 자신을 위해 시도해볼 만한 일이다. 나는 글쓰기 공간의 이미지를 수집해 보드를 하나 만들었다. 수많은 오두막과 우거진 숲, 자연, 바다, 등대가 결합해 이루어낸 아름다운 광경이 담겼다. 집에 틀어박혀 투덜대면서 시간을 버리기보다 손수 만든 보드를 바라보면 머릿속에서 원하는 장소로 이동할 수 있다.

## 책 표지 디자인하기

나는 책을 내면서 마지막 단계에 표지 디자인을 받을 때가 참 좋다. 표지를 벽에다 붙여 두고 최종 단계까지 나를 밀어붙이는 데 필요한 힘을 얻는다. 직접 표지를 디자인해도 좋다. A4 용지에 제목과 이름을 쓰는 정도로 간단하게 만들 수도 있고, 거침없이 상상의 나래를 펼칠 수도 있다. 이미 출간된 회고록

표지에 사용된 사진들을 살펴보자. 당신은 책 표지에 어떤 사진을 넣고 싶은가?

## 책을 영화로 만든다고 상상하기

누가 당신 역을 맡을까? 회고록 등장인물의 배역을 정하는 것은 재미있고 흥미로울 수 있다. 당신이 지나치게 많은 캐릭터와 함께 달리고 있다는 사실이 드러날 수도 있다.

## 산책하기

글이 잘 안 풀리면 휴대전화도 책도 두고 커피값만 챙겨 나가서 걷는다.

## 몸 쓰는 일 하기

당장 컴퓨터 앞에서 벗어나 벽에 페인트를 칠하거나 텃밭을 가꾸면서 정신을 다른 데로 돌린다.

## 퍼즐 맞추기

이유는 모르지만 글이 막힐 때 퍼즐을 맞추면 도움이 된다. 퍼즐을 맞추다 보면 혼돈 그 자체에서 이해의 세계로 이동하면서 어느 순간 마음이 놓인다. 두 개의 커다란 덩어리가 들어맞는 광경을 지켜보는 순간은 그야말로 경이롭다. 에르퀼 푸아로(애거사 크리스티의 추리 소설에 등장하는 명탐정—옮긴이)가 미스터리 사건을 해결할 때 카드로 집짓기 놀이를 하는 것과 비슷하다. 그와 마찬가지로 나도 퍼즐을 맞출 때 종종 뜻밖의 사실을 새롭게 발견한다.

## 감사의 말 쓰기

책이 출간되면 감사의 말을 써야 한다. 책이 완성되었다고 상상하고 지금 당장 써보자. 당신이 받는 모든 지지와 격려에 감사하는 마음이 들 것이다. 이것은 실제로 출간 전 감사의 말을 적을 때 유용하게 활용할 수 있다.

## 명구銘句 모으기

명구는 작가가 책의 주제와 메시지를 요약하거나, 앞으로 이어질 내용을 암시할 목적으로 속표지와 첫 장 사이에 혹은 각 장의 시작 부분에 넣는 인용문을 말한다. 평소 쓸 만한 인용문을 눈여겨보고 노트에 적어두거나 혹은 벽에 붙여 둔다. 나는 책을 쓰는 동안 어떤 인용문을 사용할지 마음이 자주 바뀌지만 이 책에는 한결같이 마야 안젤루의 말을 넣고 싶었다!

# 초고로 돌아가기

초고가 없으면 초고에서 건져낼 것도 없을 것이다.
두 팔을 벌려 조잡한 원고를 끌어안는다.
그것은 아마 쓰레기일 테지만 당신의 쓰레기다.
- 히론 에네스

드디어 초고로 돌아갈 날이 왔다. 내가 옆에 앉아 당신과 함께 초고를 본다면 얼마나 좋을까. 숨을 들이마시고 내쉬어보자. 심호흡을 길게 여러 번 해보자. 설레고 두려울 것이다. 나는 초고로 돌아가기 전이면 늘 너무 떨리고 무서워서 잠을 설치고 손톱을 절반이나 물어뜯곤 한다. 그럴 때는 운동을 하면 불안 감을 떨쳐 낼 수 있다. 자신에게 다음과 같은 격려의 말을 건네 면 힘이 날 것이다.

"여기까지 오느라 정말 고생 많았어. 이건 다른 작가들도 대부분 힘들어하는 일이라는 걸 잊지 마. 차갑게 식어버린 식사를 다시 하는 기분일 거야. 너도 알다시피 원고와 어느 정도 거리를 둬야 하지만 초고로 돌아가면 잠수병(바닷속과 같은 고압 환경에 있던 사람이 물 위나 땅 위로 갑자기 돌아왔을 때 생기는 병-옮긴이)에 걸리잖아. 시간을 들여 자신과 다시 친해져야 해. 처음에는 펜을 놓고 다정한 시선으로 천천히 원고를 읽어 내려가는 거야. 펜을 들고 뜯어고치려 들면 안 돼. 하나씩 알아가면 돼. 완벽하게 하려는 욕심, 비판하려는 마음에 휩싸이지 말고. 그것을 네가 쓴 것이 아니라 네가 정말 좋아하는 누군가가 썼다고 상상해보렴.”

 ‘정말 형편없이 썼네’가 아니라 ‘손을 좀 봐야겠네’라고 생각하면 행복감과 절망감 사이에서 빠져나올 수 있다. 그 모든 과정을 거치는 동안 심호흡을 자주 해야 한다. 작업이 끝났을 때 괜찮다면 메모를 해도 되지만 준비가 되어 있지 않다면 나가서 걷는 것도 좋다. 앞으로 해야 할 일의 규모에 잔뜩 겁먹을 수 있지만, 이 모든 것이 과정의 일부라고 생각하고 새로운 것을 배운다는 기대감을 품어본다.

 초고와 완성된 책 사이 틈을 좁히는 방법을 알아내기 위해 최선을 다해야 하므로 이 과정은 매우 힘들 수 있다. 마음을 차분히 가라앉힌다. 나무에 대고 소리를 질러도 좋고 주먹으로 쿠션을 쳐도 좋다. 자신에게 재능이 있다면 이 일이 더 쉬울 거라고 자책하거나, 자신은 정말 재능이 없다면서 생각의 수렁에 빠져드는 어리석음을 범하지 않도록 주의한다. 심호흡을 자주 한다.

 나는 초고로 돌아갈 때마다 늘 극심한 공포감에 휩싸인다. 원고가 대부분 좋아 보여도 할 일이 너무 많으면 기가 죽어 어쩔 줄 몰라 한다. 소설을 쓸 때는 초고를 보고 기겁하는 바람에 계속하려는 의지를 불태우지 못하고 다른 책을 두 권이나 쓴 적도 있다. 이런 마음의 동요가 모두 거쳐야 하는 과정의 일부라는 사실을 알아야 한다. 우리가 해야 할 일은 이 사실을 굳게 믿고 냉철한 시각으로 작품의 질을 끌어올리는 데 온 신경을 집중하는 것이다. 신경계를 진정시키면 뇌가 다시 작동하면서 일이 손에 잡히기 시작한다. 긴장을 풀고 마음을 다잡는다. 이제 당신은 글을 고칠 준비가 되었다. 글쓰기 서약을 한 번 더 하고 싶다면 첫 줄만 바꾸면 된다.

"내가 이 책을 고치고 싶은 이유는 _____."

다음은 내가 이 책을 쓰면서 다짐했던 내용이다.

> 내가 이 책을 고치고 싶은 이유는 _____.
>
> 진심으로 글을 고치고 싶어서다. 내가 아는 끝내주는 구절이 많다. 이 주제에 대한 생각을 모두 모아 고민한다면 더욱 명쾌해질 테니 정말 신날 것이다. 이 책이 다른 사람들에게 힘이 되고 도움이 되길 바란다.
>
> 나를 방해하는 것은 _____.
>
> 늘 똑같다. 구조와 그것을 짜는 방법에 대한 고민. 더는 할 말이 없을 것 같은 초조함. 실제 생활에서 드러나는 것만큼 글로 표현되지 않는 불안. 인용문을 어떻게 사용할지, 예제와 산문의 균형을 어떻게 유지해야 할지,

책이 어떻게 전개되어야 할지, 편집을 시작하기 전에 이 모든 것을 어떻게 해결해야 할지 등등 자잘하게 많은 일들. 산더미같이 쌓인 다른 일과 집안일 같은 현실적인 일들. 다음 주부터 학교 방학이라는 것.

이 문제를 해결하기 위한 내 전략은 _____.
음, 책을 쓸 때마다 이렇게 느끼고, 그렇게 해야 답을 찾을 수 있다는 것을 안다. 행동은 두려움을 치유한다. 혼란은 지식을 습득하는 관문이다. 혼란을 호기심으로 새롭게 해석해도 될까? 내가 글을 쓰기 시작하면 새로운 것을 배우고 즐기리라 생각해도 될까?

이것도 해볼까 하는데, 그것은 _____.
맷에 대한 걱정을 더는 것이다. 내 걱정은 우리 둘 모두에게 아무런 도움이 되지 않는다.

당분간 생각하지 않으려는 것은 _____.
글이 괜찮은지 어떤지다. 글을 잘 썼는지에 대한 질문, 칭찬받고 싶은 욕구, 비난에 대한 두려움을 몽땅 내려놓을 것이다.

이 프로젝트를 마치고 내가 집중하려는 것은 _____.
내가 쓴 모든 글을 교정한다.

일을 끝내기 위해 내가 한 서약은 _____.

다음 주 매일 아침 일할 것이다.


나와 한 약속은 _____.

그냥 하는 거다. 지나친 생각은 금물이다. 다음 초고를 준비하자.


일을 분배해서 언제까지 할 것이냐면 _____.

나는 지금부터 크리스마스까지 주 단위로 일하기로 하고 거기에 전념할

것이다. 일요일 오후에 시작해 내가 정확히 무엇을 할 작정인지 기록할

것이다.


글쓰기를 잘하기 위해 미리 할 수 있는 실용적인 일이 있을까?

아침에 정신을 맑게 유지하기.정오 전에 이메일을 확인하지 않겠다고 한

번 더 다짐하기. 전날 밤에 작업 창에서 보이지 않도록 메일 프로그램을

옮겨 놓기. 일정표에 매일 두 시간씩 작업하겠다고 적고 점검하기


재미있는 일이 있을까?

새 촛불에 불을 켤 수 있다.


다음 주에 할 일은 _____.

아침마다 글쓰기 책을 고치는 것이다.

그 일에 대해 기분이 어떤가?

좋다! 그 일이 기대된다. 하고 싶은 말이 많고, 다시 시작하면 탄력도 받을 테니 기분이 끝내줄 것 같다.

# 퇴고를 위한 구체적인 방법들

나는 연필보다 가위를 더 믿는다.
- 트루먼 커포티

놀랄 것 없다! 회고록을 쓰는 데 꼭 필요한 것을 꼽는다면 바로 이것이다. 혼란스러움을 참아내기 위해 이를 악물고 노력하고, 초고를 쓰기 위해 마음속 깊이 자리한 어두운 곳까지 샅샅이 뒤지겠다는 각오가 필요하다. 많은 부분을 잘라내고, 모든 장면을 조사하고, 무엇을 덧붙일지 묻고, 이야기와 독자에게 제공되는 모든 자료를 다시 손볼 수 있는 자제력과 체력이 필요하다. 이는 보통 일이 아니며 많은 심호흡이 필요하다.

나는 먼저 가능성을 찾는다. 버지니아 울프는 자기 작품으로 '쓰레기 더미에서 다이아몬드를 찾는 것'에 대해 이야기했는데, 내가 초고를 읽을 때 찾으려 애쓰는 것이 바로 그것이다. 무엇이 효과가 있는가? 무엇을 더 넣어야 하는가? 놀랄 만한 것이 있는가? 괜찮은 구절에 밑줄을 쳐도 될까? 인용문을 몇 개 뽑아 벽이나 노트에 붙여도 될까? 가제가 여전히 어울리는가 아니면 손을 봐야 할까?

　이런 생각을 품고 원고를 살피다 보면 없애야 할 것이 수없이 많이 나온다. 이 채굴 초고는 매우 지저분한 공사 현장과 같다. 곳곳에 벽돌 더미가 널려 있고, 온통 비계가 설치되어 있으며, 방수포에는 빗물이 고여 있다. 내가 꿈꾸는 아름다운 저택이라 보기 어렵다. 하지만 일을 시작해야 하므로 그것들을 종류에 따라 분류해야 한다. 나는 모든 일을 한꺼번에 처리하려 들면 정신이 혼미해지기 때문이다. 잘라낼 장면에 들어가는 대화는 고쳐봐야 의미가 없으므로 구조가 정리될 때까지 문체는 무시한다. 잠시 쉬었다가 원고 작업을 시작하면 어리둥절하고 헤맬 수 있지만 중복되는 부분이 있더라도 이런 순서로 일을 진행한다.

## 내용

내가 하고 싶은 말을 다 했나? 무언가 놓친 것은 없나? 나는 촉수가 지나치게 많아 나머지를 보강하기 전에 이 중 일부를 떼어내야 한다. 중복되는 내용은 어설픈 표현과 오타와 함께 잠시 묻어둔다. 나는 지금 현관문을 광나도록 닦으려는 것이 아니다. 어떻게 하면 제대로 기능하는 주거지로 만들지, 수영장과 정자를 설치할지 고민하고 있다. 나는 이 단계가 가장 오래 걸리고 또 어려워, 나와 생각하는 방식이 다른 사람에게 외주를 맡기고 싶은 충동을 느낀다.

## 목소리와 어조

개인적인 의견을 개진하거나, 철학적인 이야기를 늘어놓거나, 독자에게 이래라저래라하는 부분이 지나치게 많은가? 캠페인을 벌이거나 시사적인 안건에 집착하는 것처럼 보이는가? 대중에게 지식을 전파하는 데 목적을 두는 것은 나쁘지 않지만 책이 논란에 휘말리지 않으려면 목소리를 가볍게 내는 것이 좋다. 자기 목소리가 불안정한 것은 무슨 말을 하려는지 명확하지 않기 때문일 것이다. 나는 항상 일부 어조가 흔들리는 부분이 있다. 기분이 우울한 날에 썼을 법한 분노에 찬 냉소적인 글이 그렇다. 나는 그런 글을 쓰는 것은 괜찮다고 생각하지만 사람들과 공유하지는 않는다.

## 군더더기

때로 좋은 것이 다른 것에 묻히기도 한다. 장황한 설명, 지나치게 길고 화려한 묘사, 너무 많은 등장인물, 툭하면 옆길로 빠지는 구성 그리고 쉴 새 없이 사건들이 일어난다. 표현만 달리해서 같은 말을 두 번 하고 있나? 내가 무엇을 없애야 하나? 수영장은 결국 이 집에 들어가지 않을 것이다. 이런 타일 무늬가 마음에 들긴 하지만 집의 전체적인 스타일과 맞지 않는다. 나는 잘라낸 부분을 버리지 않고 나중에 쓰려고 따로 모아둔다. 소설가 킷 드 발은 이런 파일을 '천재의 조각들'이라 부르는데,

우리가 그 멋진 여름 별장을 포기하는 데 한몫한다.

### 그리고, 그런 다음, 그러더니

독자가 모든 것을 알아야 한다는 생각의 덫에 빠져 지루해진 부분도 있을 것이다.

### 설명과 각색 사이 균형

내적 독백과 배경 설명, 사실이 지나치게 많을 수 있다. 우리는 경찰 보고서를 작성하는 것이 아니라 이야기를 풀어놓는다는 사실을 되새긴다. 단순히 이야기를 늘어놓기보다 어떤 부분을 잘라내고 어떤 장면을 연출할지 고민한다.

### 직접 목격한 엄청난 사건

사회의 부당함이나 직접 목격한 고통스러운 일에 대해 열변을 토하는 글을 썼을 수 있다. '내가 지나온 삶과 시간, 내가 관심을 가진 모든 것에 대해 글을 쓰는 것이 아니다'라는 점을 떠올리고, 주제를 글의 중심에 둔다. 수강생들의 초기 작품에서 이런 현상을 쉽게 발견할 수 있다. 예컨대 친구가 학대받고 있다는 사실을 알게 되었고, 홀로코스트 생존자를 만났으며, 9·11 테러를 겪은 반 친구가 갑자기 죽었다. 이야기와 관련 없는 내용은 천재의 조각들 파일에 옮겨둔다.

## 신변잡기

주로 과거의 사건에 대해 쓴 책이라면 독자의 관심은 대부분 거기로 향해야 한다. 나는 일상을 원고에 쏟아붓고 나서 신변잡기의 글은 대부분 잘라낸다. 내가 쓴 초고는 이런 종류의 글로 가득하다. "라디오에서 누군가 스컨소프(링컨셔주에 있는 공업도시—옮긴이)에 대해 말하는 것을 듣고 예전 그때가 떠올랐는데…" 물론 우리는 주변 환경의 영향을 받지만 나는 글을 고칠 때 이런 글을 대부분 잘라낸다. 우리가 무언가에 대해 생각하게 만든 것을 공유할 필요는 없다. 그 무언가에만 집중한다.

## 지나친 인용

나는 책, 텔레비전 프로그램, 노래에서 인용한 글에서 아이디어가 불꽃처럼 떠오르는 경우가 많다. "드라마 〈프렌즈〉에서 로스와 레이철이 헤어지는데 챈들러가 미처 대처하지 못하는 부분을 아는가? 나는 정확히 그때와 똑같다고 생각했다…" "미셸 파버가 자신의 책 『진홍색 꽃잎과 흰색 The Crimson Petal and the White』에서 파헤친 것처럼 트라우마가 있는 것은…" 여기서 문제는 독자가 당신이 끌어온 내용을 이해하지 못하면 거리감을 느낄 수 있고, 그런 인용문을 지나치게 많이 넣으면 글이 산만해진다는 것이다. 인용문을 조금 넣는 것은 괜찮으므로 비중을 낮게 잡아야 한다. 유행이 빠르게 변한다는 사실도 기억해야 한다. 자기 목소리를 내려면 다른 사람의 생각이 아니라 당신의 생각을 독자에게 당당하고 자신있게 말할 수 있어야 한다.

## 임시 가설물

초고를 쓸 때는 필요하지만 편집을 거치면서 떨어져 나오는 것도 있다. 나는 수강생들의 회고록에 등장인물로 나올 때마다 매우 영광스럽다. 글로 표현된 나 자신을 보면 대단히 흥미롭고, 또 으쓱해진다. 하지만 내가 임시 가설물 구실을 한다는 사실을 알기에 한결같이 나를 잘라내라고 말한다. 그들이 글을 쓸 수 있도록 도움을 준 사실은 뿌듯하지만, 지금은 내가 필요 없는 캐릭터가 되었으니 편집되어야 마땅하다.

## 자기 회의와 자기 비하

이런 내용은 되도록 짧게 언급하는 것이 좋다. 내 초고는 자기 회의, '내가 뭐라고 무슨 할 말이 있다는 거지?' '내가 얼마나 비열하고 파렴치한 죄인인가?' 같은 자기 비하, 글을 쓰면서 지나온 길고 어두운 영혼의 밤에 대한 이야기로 가득하다. 나는 이런 내용을 거의 다 잘라낸다. 독자 앞에서 자신을 깎아내리는 행위는 바람직하지 못하다. 누군가 당신에게 이야기를 들려준다고 치자. 당신은 그들이 얼마나 재미없고 끔찍한 사람인지 말하느라 이야기를 잇지 못하길 바라는가?

## 방어적 태도

요즘 출간되는 회고록은 다소 방어적인 성격이 강하다. 작가가 방어적 태도를 보이는 이유는 소셜미디어에서 자신에게 괴팍하게 구는 사람들을 상상하기 때문이다. 나는 사람들을 즐겁게 해주고 싶어 하고 완벽주의자 기질도 있지만, 그런 방어적 태도를 깊이 들여다보고 욕심을 내려놓았더니 글쓰기가 더 즐거워졌다. 요즘 나는 내가 모든 사람이 좋아할 만한 사람이 아니라서 무척 행복하다. 독자의 입맛을 모두 맞추려 하면 자신이 밋밋해지고, 독자에게 평가받을 것을 두려워하면 자신을 내보이는 데 인색해진다.

## 심리적인 이야기

심리 치유는 내게 한없이 매력적인 소재다. 하지만 작가가 사건을 해석한 치료사의 말을 그대로 옮기거나 전문용어를 남발하면 나조차도 따분하게 느껴진다. "우리 엄마는 고전적인 나르시시스트였는데 그 이유는⋯" 설명하지 말고 보여주어라.

## 욕설

나는 욕하는 것을 좋아하지만 이것 역시 너무 많이 쓰면 힘이 떨어진다. '지랄'과 '빌어먹을'은 말끔히 없애고 아주 가끔 자신을 비열한 놈으로 취급한다.

## 쓰레기통에서 여행까지

나는 가위질이 끝나면 나 자신에게 묻는다. 모든 것이 올바른 순서대로 배치되어 있나? 어떻게 이리저리 맞추어야 하나? 만약 아직 준비가 덜 되었다면 나는 지금 독자를 떠올려야 한다. 나의 사적인 질문들이 독서 경험이 되도록 독자의 판단에 맡기는 과정에 들어간다.

## 꼬치 찾기

내 출판 에이전트 조가 건넨 또 다른 조언이 있다. 초고에서는 빨간 피망과 양파와 애호박이 잘게 잘려 있지만 꼬치에 끼워 있지 않을 때가 있다. 당신의 꼬치는 무엇인가? 이 모든 것을 하나로 묶는 것은 무엇인가? 이 단계에서 제목 뽑기 게임이나 여섯 단어로 이야기 만들기 게임을 다시 하면 도움이 된다. 일단 꼬치에 대해 확신이 생기면 수영장과 정자를 없애고 더 과감하게 천재의 조각들 파일로 보낼 수 있다.

## 세상에 내놓아도 될까

내가 비밀을 폭로해 세상에 내놓으면 속이 후련할지 확인하는 단계다. 이것을 확인하는 가장 빠른 방법은 자신이 무대에 올라 큰 소리로 원고를 읽는 모습을 상상해보는 것이다. 물론 다른 사람에게 내보이려고 글을 쓰는 것이 아니라면 이것은 신경 쓸 필요 없는 문제다. 이 단계를 거치고 나면 마음이 멍들 수 있다. 너무 많은 부분을 도려내고 싶으면 일주일 정도 휴식을 취하며 원고를 내팽개쳐 두는 것이 좋다.

# 최소 기능 버전 완성하기

*글은 문을 닫은 채로 쓰고, 문을 연 채로 다시 쓴다.*
*– 스티븐 킹*

비즈니스 세계에서 통용되는 이 기법은 통신회사를 운영하는 친구 존에게 배웠다. 몇 년 전 『친애하는 독자에게』를 쓰다가 글이 막혀 존의 어깨에 기대어 울었다. 존은 내가 계획을 세우거나 최상 경로를 분석하지 않고, 몇 주가 걸릴지 몇 달이 걸릴지 모른 채 일하고 있다는 사실에 경악했다. 그는 내가 한꺼번에 너무 많은 일을 하려는데 일을 나눠서 할 필요가 있으며, 완벽하게 하려는 바람에 일을 그저 끝내는 것도 못 한다고 말했다.

그의 말에 따르면, 기술 개발자들은 MVP<sup>Minimum Viable Product</sup>, 즉 최소기능제품을 목표로 삼는다. 기본 기능을 수행하며 부가 기능을 최소한으로 줄인 버전으로, 이것을 고치고 갈고닦아 완벽한 제품으로 만든다. 존은 내가 기가 막힌 책을 쓰려는 노력을 멈추고 MVP를 완성하는 데 집중해야 한다고 조언했다. 그의 조언 덕분에 나는 『친애하는 독자에게』를 무사히 탈고하고 MVP를 완성해야 할 단계에 돌입했다. 채굴 초고를 쓴 다음에는 MVP 단계를 거쳐야 한다.

나중에 독자에게 선보일 모습에 비하면 아직은 미미한 그림자에 불과하지만 모든 것이 제 기능을 하고 제자리에 있다. 이때는 책을 내는 과정에서 내가 유독 좋아하는 순간이다. 이 순간이 지나면 안도의 한숨을 내쉴 수 있다. 이제 나는 나 자신을 즐길 수 있다. 채굴 초고를 쓰고 퇴고하느라 천국과 지옥을 오가는 실존적 고통을 더는 겪지 않아도 된다.

# 문장의 맛 살리기

문장마다 모든 단어를 적어도 열 번은 생각해야 한다.
-서배스천 폭스

모든 것이 제자리를 찾으면 더욱 세심한 주의를 기울여 원고를 살펴보아야 한다. 다음은 글 고치기의 실제 사례다.

나는 오늘 오후에 하교하는 아들을 데리러 가는 길에 봄기운이 완연하다는 사실을 깨달았다. 검은색 폴크스바겐 비틀을 보자 문득 소피가 떠올랐다. 리즈 시절 대학에서 몰래 빠져나와 바닷가로 자동차 여행을 떠나기로 했던 순간이 떠올랐다.

신변잡기를 걷어내고 독자를 끌어들인다.
어느 날 아침, 나는 주방 창가에 있는 소피를 보기 위해 아래층으로 내려갔다. 그녀는 옆집 정원에 핀 수선화를 바라보고 있었다. 그녀는 봄이 왔는데 온종일 교실에 틀어박혀 지내는 것은 안타까운 일이라 말했다. 그녀는 내게 자신의 자동차 키를 흔들어 보이며 내가 결코 거부할 수 없는 눈빛을 보냈다.

나는 여기서 '봄이 완연하다'라는 모호한 표현보다 '수선화'가 더 구체적이고 좋다. 자동차도 필요 없다. 그것은 그 장면을 떠올리게 하는 역할을 할 뿐이다. 나중에 길을 떠날 때 다시 언급해도 된다. '그녀'로 시작하는 문장이 세 개나 된다. 이것을 수정하고 대화를 추가해 글에 생동감을 불어넣는다.

어느 날 아침, 나는 주방 창가에 있는 소피를 보기 위해 아래층으로 내려갔다.

"이것 봐, 봄이 왔어." 소피가 말했다.

우리는 나란히 서서 옆집 정원에 핀 수선화를 감상했다.

"온종일 교실에 틀어박혀 지내는 것은 정말 안타까운 일이야." 소피는 이렇게 말한 뒤 자신의 자동차 키를 집어 들고 내게 미소를 지어 보였다. 그녀는 내가 결코 거부할 수 없는 눈빛을 보냈다.

"좋아, 어디로 갈까?" 내가 말했다.

이야기의 흐름을 방해하는 군더더기를 쳐낸다.

어느 날 아침, 나는 주방 창가에 있는 소피를 보기 위해 아래층으로 내려갔다.

"이것 봐, 봄이 왔어." 소피가 말했다.

우리는 나란히 서서 옆집 정원에 핀 수선화를 감상했다.

우리는 이웃에 대해 잘 몰랐다. 그들은 심술궂고 우리를 무시했기 때문에 학생들이 옆집에 사는 것을 싫어한다고 생각했다.

"온종일 교실에 틀어박혀 지내는 것은 정말 안타까운 일이야." 소피는 이렇게 말한 뒤 자신의 자동차 키를 집어 들고 내게 미소를 지어 보였다. 그녀는 내가 결코 거부할 수 없는 눈빛을 보냈다.

"좋아, 어디로 갈까?" 내가 말했다.

앞으로 펼쳐질 사건에서 맡을 역할이 없다면 이웃은 없애버린다. 물론 대학가 주민들과 학생들 사이 긴장감을 부각할 수 있지만, 당신의 회고록에서 다룰 만한 내용이 아니라면 주의를 산만하게 할 뿐이다.

'현재의 나'가 너무 자주 개입하는 시간 이동은 피한다.

어느 날 아침, 나는 주방 창가에 있는 소피를 보기 위해 아래층으로 내려갔다.

"이것 봐, 봄이 왔어." 소피가 말했다.

우리는 나란히 서서 옆집 정원에 핀 수선화를 감상했다.

우리는 이웃에 대해 잘 몰랐다. 그들은 심술궂고 우리를 무시했기 때문에 학생들이 옆집에 사는 것을 싫어한다고 생각했다. 남자는 키가 매우 컸고 여자는 키가 매우 작았다. 당시 내 눈에는 그들은 나이가 아주 많아 보였지만 아마 지금 내 나이보다 많지 않았을 것이다.

"온종일 교실에 틀어박혀 지내는 것은 정말 안타까운 일이야." 소피는 이렇게 말한 뒤 자신의 자동차 키를 집어 들고 내게 미소를 지어 보였다. 그녀는 내가 결코 거부할 수 없는 눈빛을 보냈다.

"좋아, 어디로 갈까?" 내가 말했다.


안 돼! 비켜! 우리를 리즈에 있는 주방에 계속 머물게 한다. 몰입을 방해해서는 안 된다. 우리를 계속 하나의 시간 틀 안에 가두고 자동차 여행을 떠나게 한다.


관점을 유지한다.

어느 날 아침, 나는 주방 창가에 있는 소피를 보기 위해 아래층으로 내려갔다.

"이것 봐, 봄이 왔어." 소피가 말했다.

우리는 나란히 서서 옆집 정원에 핀 수선화를 감상했다.

온종일 교실에 틀어박혀 지내는 것은 정말 안타까운 일이라 생각한 소피는 나를 꼬드겨 수업을 빼먹기로 마음먹었다. 그녀는 자신의 자동차 키를 집어 들고 내게 미소를 지어 보였다. 그녀는 내가 결코 거부할 수 없는 눈빛을 보냈다.

"좋아, 어디로 갈까?" 내가 말했다.

우리는 소피의 생각을 따라가고 싶지 않다.


무심결에 불길한 어조를 내지 않도록 주의한다.

어느 날 아침, 나는 주방 창가에 있는 소피를 보기 위해 아래층으로 내려

갔다.

"이것 봐, 봄이 왔어." 소피가 말했다.

우리는 나란히 서서 옆집 정원에 핀 수선화를 감상했다.

우리는 이웃에 대해 잘 몰랐다. 그들은 심술궂고 우리를 무시했기 때문에

학생들이 옆집에 사는 것을 싫어한다고 생각했다. 남자는 키가 매우 컸고

여자는 키가 매우 작았다.

그는 분명 무슨 일을 벌이는 것 같았고, 그녀는 겁에 질린 표정으로 주변

을 살폈다. 남자는 오랫동안 정원을 팠고 나는 그가 밤늦게까지 밖에 있

는 광경을 목격했다.

"온종일 교실에 틀어박혀 지내는 것은 정말 안타까운 일이야." 소피는 이

렇게 말한 뒤 자신의 자동차 키를 집어 들고 내게 미소를 지어 보였다. 그

녀는 내가 결코 거부할 수 없는 눈빛을 보냈다.

"좋아, 어디로 갈까?" 내가 말했다.


연쇄 살인범의 옆집에 살았던 시절을 다루는 회고록이 아니

라면 이 대목은 없애는 것이 좋다. 우리는 이제 소피와 자동차

여행을 떠나는 것보다 이웃에 더 관심이 쏠렸다.

의도하지 않게 로맨틱한 어조를 내지 않도록 주의한다.

어느 날 아침, 나는 주방 창가에 있는 소피를 보기 위해 아래층으로 내려갔다.

"이것 봐, 봄이 왔어." 소피가 말했다.

나는 그녀가 옆집 정원에 핀 수선화를 감상하는 모습을 지켜봤다. 그녀의 검은 머리가 찰랑거리는 모습이 너무 아름다웠다.

"온종일 교실에 틀어박혀 지내는 것은 정말 안타까운 일이야." 소피는 이렇게 말한 뒤 자신의 자동차 키를 집어 들고 내게 미소를 지어 보였다. 그녀는 내가 결코 거부할 수 없는 아름다운 파란 눈을 반짝였다. 나는 그녀를 따라 지구 끝까지 갔을 것이다.

"좋아, 어디로 갈까?" 내가 말했다.


소피와 사랑에 빠진 내 모습을 보여주려는 의도가 아니라면 이런 표현은 다소 지나치다.


설명과 배경을 장황하게 늘어놓았는가?

나는 소피와 함께 자동차 여행을 떠나기로 했던 순간이 떠올랐다. 소피는 내가 대학에서 처음 만난 사람이었다. 우리는 곧바로 친구가 되었다. 일학년 내내 우리는 기숙사에서 함께 살았고, 이학년 때 함께 구한 집으로 이사했다. 그때까지 우리는 서로를 잘 알았고 서로의 고향 집을 방문하기도 했다. 소피는 내게는 매우 생소한 런던에 살았는데, 런던은 매우 바쁘고 번잡했다. 나는 그녀가 거리에 나와 택시를 부르는 모습이 좋았다. 나는 지금도 소피와 친구로 지낸다. 소피를 만나러 가려고 기차표를 예매했는데, 바이러스 때문에 만남을 취소해야 했다. 그건 그렇고 한번은 우리가 주방 창밖으로 옆집 수선화를 보고 있었는데….

너무 지루하다! 시간이 이리저리 옮겨 다닌다. 그나마 건질 만한 문장은 택시를 언급한 대목이다. 그 문장은 나중에 쓸 수 있도록 보관해두고 다른 것은 모조리 자른다. '그건 그렇고'라는 단어를 검색해보면 앞부분에 항상 본론에서 벗어난 이야기가 나온다는 사실을 알 수 있다.

대화와 부사는 아껴 쓴다.

어느 날 아침, 나는 주방 창가에 있는 소피를 보기 위해 아래층으로 내려갔다.

"이것 봐, 봄이 왔어." 소피가 말했다.

우리는 나란히 서서 옆집 정원에 핀 수선화를 감상했다.

"온종일 교실에 틀어박혀 지내는 것은 정말 안타까운 일이야." 소피는 매력적인 목소리를 외치더니, 자신의 자동차 키를 집어 들고 내게 미소를 지어 보였다. 그녀는 내가 결코 거부할 수 없는 눈빛을 보냈다.

"좋아, 어디로 갈까?" 나는 순순히 응했다.

단순할수록 좋을 때가 많다. 많은 사람이 학교에서 '말했다'가 지루한 표현이라 배웠는데 실상은 그렇지 않다. 대화로 지나치게 많은 것을 설명하기보다 스스로 말하는 것이 좋다.

어떤 버전이 가장 좋은가?

어느 날 아침, 나는 주방 창가에 있는 소피를 보기 위해 아래층으로 내려갔다.

"이것 봐, 봄이 왔어." 소피가 말했다.

우리는 나란히 서서 옆집 정원에 핀 수선화를 감상했다.

"오늘은 교실에 틀어박혀 있지 않을 거지?"

소피가 자신의 자동차 키를 집어 들면서 물었다. 그녀는 내가 결코 거부할 수 없는 눈빛을 보냈다.

"좋아, 어디로 갈까?" 내가 말했다.

내가 과도하게 자주 사용하는 '~인 것 같다'라는 표현도 주저하는 느낌이 들어 없애버렸다. 소피의 대사를 질문으로 바꾸니 훨씬 역동적인 느낌이다. 불필요하게 느껴지고 무언가 석연치 않던 미소를 없앴더니, 미소 없이도 긴장감을 주는 작은 힌트가 생겼다. 이제 우리는 떠날 준비를 마쳤다.

# 때 빼고 광내기

나는 글을 더 멋지게 다듬는 작업을 하는 이 단계를 매우 좋아한다. 일주일 동안 원고를 내팽개쳐 둘 수 있다면 나는 그렇게 할 것이다. 나는 원고의 서체도 바꿔본다. 이는 전에 본 적이 없는 글이라고 자신을 속이는 데 좋은 방법이다. 나는 망설이고, 반복하고, 옆길로 빠진 표현을 찾아 모두 없앤다. 나는 모든 형용사와 부사에 의문을 제기한다. 나는 한쪽 눈으로는 계속 문장 구조를 주시한다. '나는'으로 시작하는 문장이 너무 많아 이 페이지를 고치고 싶지만 목록처럼 보여 그대로 둘 것이다.

나는 한 페이지씩 소리 내어 읽으면서 매끄럽지 못한 대목을 고쳐 나간다. 나는 새로운 부분에 대한 좋은 아이디어를 얻을 것이고, 내가 잘라낸 부분을 다시 넣을 수도 있다. 나는 다시 한번 소리 내어 읽으면서 옆에 놓인 소파에 꿈의 독자가 앉아 있다고 상상한다. 그녀가 고개를 끄덕이며 웃는다. 그녀가 얼굴을 찡그리면 나는 원고를 고쳐야 한다. 거의 다 왔다. 나는 매일 결승점을 향해 다가가고 있으며, 이제 빠르고 격렬한 진전을 보인다. 전부 앞뒤가 맞다! 나는 모든 것을 머릿속에 담고 4장의 문장 하나가 9장에 더 어울린다는 점을 발견한다. 나는 특정 단어를 바꾸고 싶어 혹은 중간에 끼워 넣을 완벽한 대사가 떠올라 한밤중에 깨어날 것이다.

결국 나는 다소 지루해지기 시작할 것이다. 하지만 계속하면서 원고를 몇 번 더 읽는다. 내가 쉼표를 넣었다 뺐다 하기 시작하면 일이 다 끝났다는 의미다. 지금은 축하하는 것이 중요하다. 대단한 성과를 이루어냈다!

4부

# 마치기

Write It All Down

# 기술의 방해로부터 공간 지키기

본격적으로 일을 시작하면서 글을 쓰지 않는 것보다
글을 쓰는 것이 훨씬 쉽다는 사실을 깨달았다.
글을 쓰지 않는 것은 내가 접해본 직업 중 가장 진 빠지는 일이었다.
글을 쓰지 않는 것은 우리를 지치게 할 뿐 아니라 정신적으로 매우
피곤하게 한다―만약 당신이 글을 써야 한다면 말이다.
- 스티븐 킹

버지니아 울프는 작가에게는 자기만의 방이 필요하다고 말했다. 나는 21세기 작가에게는 물리적 공간보다 정신적 공간이 더 중요하다고 생각한다. 내게 가장 중요한 것은 시간을 내서 내가 인터넷, 특히 소셜미디어에 접근하지 못하도록 막는 일이다. 나는 노트북에서는 소셜미디어를 열어보지 않고, 휴대전화는 대부분 꺼둔 채 아래층에 두고 앱 알림도 꺼둔다. 아파트에 살 때는 장애물로 삼을 만한 계단이 없어 이 규율을 지키기가 훨씬 더 어려웠다. 그래서 소설가 킷 드 발은 특정 시간 동안 저절로 잠기는 상자에 휴대전화를 넣어둔다. 만약 좁은 공간에 산다면 나도 그런 상자를 하나 장만할 것이다.

중요한 것은 휴대전화가 창의성을 위협한다는 사실을 심각

하게 받아들여야 한다는 점이다. 작은 직사각형이 그처럼 파괴적일 수 있다는 사실이 믿기지 않을 수 있다. 하지만 휴대전화가 주의를 빼앗도록 내버려 둔다면 나는 절대로 오랜 시간 작업에 집중할 수 없을 것이다. 이는 글자 그대로의 시간을 뜻하는 것이 아니라 그 영향력을 말한다. 트위터를 수시로 확인하면 나의 뇌에서 폭탄이 터진다. 부분적으로는 지금 당장 더 많은 관심을 달라는 소셜미디어의 불빛, 알림 그리고 하트에 흠뻑 빠지는 것이 문제다. 나는 누군가에게 나를 보여주고 싶고 사랑받고 싶다! 지금 당장 그렇게 할 수 있다면 내가 왜 혼자 집에 틀어박혀 열심히 글을 써야 하는가? 글이 한낮의 빛을 볼 수 없을지도 모르고, 설령 빛을 본다 해도 앞으로 몇 달, 아니 몇 년이 걸릴 수도 있는데? 참고 기다리기에는 너무도 긴 시간이다.

우리는 고통을 받으면서 만신창이가 된다. 만약 집에서 글을 쓰고 있는데 누군가가 거리에서 소리를 지른다면 나는 펜을 내려놓고 그를 돕기 위해 달려 나갈 것이다. 뉴스와 트위터는 여기저기서 수백만 명의 비명이 들리는 듯한 분위기를 연출한다. 어디선가 항상 나쁜 일이 벌어지고 있기 때문이다. 우리는 클릭 한 번으로 다른 사람들의 끔찍한 불행에 끊임없이 다가가지만 돕기 위해 달려 나갈 수 있는 능력은 없다. 나는 온몸이 마비된 것처럼 얼어붙어 아무것도 할 수 없는 상태가 된다. 내가 방금 목격한 일 때문에 상대적으로 작게 보이는 내 프로젝트에는 조금도 관심을 쏟지 못한다.

트위터는 얼굴이 두꺼운 활동가들에겐 굉장하고, 연약한 꽃들에는 끔찍한 곳이다. 나는 트위터에서 어떤 작가가 망신당하는 모습을 보면 몸을 웅크리고 입을 닫게 된다. 너무도 사소한 것에 트집 잡고 분노하며 철없이 구는 행동은 구역질이 나고, 내가 생존에 필수적이라 여기는 인간에 대한 믿음을 저버리게 한다. 만약 내가 지적이고 통찰력 있는 독자를 상상하고 싶은 글쓰기 과정에 있다면, 세상은 자기 생각만 옳다고 헛소리를 지껄여대는 멍청이들로 가득하다는 인상을 받을 수 있다.

우리는 늘 비교하고 절망한다. 세상에는 더 재미있는 삶을 살거나, 더 나은 육아를 실천하거나, 더 큰 공을 세우는 것처럼 보이는 사람이 많다. 트위터는 나를 질투하고 험담하고 초조하게 만든다. 한꺼번에 너무 많은 공을 던지기 때문에 모두 받아서 공중에 띄울 수가 없다. 나는 금세 어지러워지고 털썩 쓰러진다. 마치 내가 제어할 수 없는 다양한 모양의 물체로—그중에는 불이 붙은 것도 있다—둘러싸인 바닥에 누워 있는 우울한 곡예사처럼 말이다. 내 머리 주위에 몰려드는 4D 애니메이션 퍼즐 조각들은 이미 다른 일을 하지 않으면 다스리기 힘든 지경이다.

우리는 자기 마음을 지배해야 한다. 자신의 공간에 누구를 언제 들여놓을지 스스로 선택해야 한다. 꿀벌과 나비가 상상의 정원에서 지치지 않고 날아다니게 해야 한다. 자기만의 방이 있든 없든 기술이 그 공간을 장악하도록 내버려 두어선 안 된다. 그 성난 목소리들이 당신의 베개를 차지하도록 방치해선 안 된다. 자신의 공간을 되찾아라.

# 시간 계획에 따른 습관적 글쓰기

영감은 잊어버리고 매일 글 쓰는 습관을 들여라.
습관은 영감보다 훨씬 더 많은 책을 썼다.
뮤즈가 당신을 찾아오길 바란다면 그녀가 당신이 어디에 있는지
알아야 한다. 그러니 책상에 앉아 있어라.
-필립 풀먼

책을 쓰는 일은 엄청난 노력이 필요하다. 그 규모에 압도되어 한 단어 한 단어 써 내려가는 당연한 작업조차 할 수 없게 되는 것은 놀랄 만큼 쉽다. 내가 글을 쓰고 싶어 하던 사람에서 책을 낸 사람으로 바뀐 비결은 시간을 쪼개는 방법을 배운 것이다. 문제는 내가 주어진 시간에 무엇을 하든 문제 되지 않다는 점이다. 이틀 혹은 사흘 연속 아무것도 하지 않아도 별문제 없다. 그러나 계속해서 어떤 일도 하지 않는다면 문제가 될 것이다. 육 개월 혹은 일 년이 지나면 아무것도 얻지 못하게 되므로 어느 시점에 이르면 문제가 될 것이다. 하지만 언제 어떻게 상황이 변했는지 알아채기가 어렵다.

이런 이유로 나는 그 시간에 정확히 무엇을 할지 미리 정한

다. 대개 나는 두 개의 큰 프로젝트를 진행하고, 기사나 서평을 쓰는 일도 활발히 참여한다. 만약 어떤 일을 할지 미리 정해두지 않으면 언제 책상에 앉을지 머뭇거리고 주저하느라 나 자신을 지치게 할 수 있다.

나는 본래 다양하게 시도하는 것을 좋아하기 때문에 내 방식을 손볼 예정이다. 현재 나는 주 단위로 시간 계획을 세우고 있다. 매주 일요일 오후마다 30분 동안 짬을 내서 어떤 프로젝트에 시간을 쏟을지 정한 뒤 다이어리에 적는다. 매일 나는 그날 한 모든 일에 체크 표시하고 새로 쓴 단어 수와 편집에 할애한 시간을 적는다. 할 일이 얼마나 남았는지 고민하거나 실제로 어느 정도 진전을 이루었는지 의문을 품기보다 두 시간 동안 일을 해냈다는 사실에 기뻐하고 만족하는 것이 중요하다. 주말에는 온전히 내게 휴가를 준다. 필요하다면 포스트잇에 메모를 할 수 있지만 컴퓨터는 절대 켜지 않는다. 그러고 싶을 때가 많지만 죄책감을 느끼지 않고 쉬는 것이 중요하다는 사실을 배웠다. 그러고 나서 일요일 오후가 되면 다시 시간 계획을 세운다.

이 방식은 글쓰기가 아닌 일반 정규직에 적용해도 효과가 있을 것이다. 일주일을 미리 내다보고 너무 바쁘다고 판단하면 모닝 페이지를 할 테지만 아니면 그대로 진행한다. 그다음 주는 사흘 동안 새벽 다섯 시에 일어날 수 있다. 『안녕, 매튜』를 쓸 때 나는 정규직보다 더 많은 일을 했다. 당시 나는 휴대전화의 전원을 끄고 가방 바닥에 묻어둔 채 카페에서 두 시간 단위로 다이어리에 적힌 대로 일했다. 일 년 반 동안은 휴일에도 글을 썼다. 크리스마스에는 쉬었는데 그것이 전부였다.

작은 것부터 시작해 자신에 대한 신뢰를 쌓아나가야 한다. 규칙적으로 할 일을 정하고 그것을 지킨다. 일을 해결하는 데 많은 시간을 할애한다. 포기하지 말고 열심히 노력한다. 욕심을 부려 무리해선 안 된다. 완벽주의에 대한 열망은 행동의 적이라는 점을 기억하고 지금은 일단 작품의 질에 대한 기대를 낮춘다.

시간 계획은 뇌를 쓰지 않는 휴식 시간에 짜야 한다. 그래야 뇌가 아무 일도 하지 않고 놀 수 있다. 숲속 오두막이나 자기 집 정원에 딸린 멋진 작업실에서 책을 썼다는 다른 작가들의 이야기를 읽고 비교와 절망에 무릎 꿇지 않도록 한다. 중요한 것은 완벽한 조건을 갖춘 것이 아니라 자신의 상황을 살피고 캐물어 자기만의 길을 찾는 방법을 알아내는 것이다.

당신은 출근길에 대중교통 수단 안에서 글을 쓸 수 있는가? 자동차를 운전하면서 말하는 자기 목소리를 녹음할 수 있는가? 아니면 적어도 운전하는 동안 뉴스를 듣기보다 생각하는 시간으로 활용할 수 있는가? 직장에서 인정받길 원하는가? 나는 한때 업무용 이메일의 노예가 된 적이 있다. 이것이 중요하다고 생각했는데 지금은 불필요할 뿐 아니라 건강에도 좋지 않고, 또 참신함과 창의성을 잃어 궁극적으로 내 일에도 해롭다는 결론에 이르렀다. 우리는 모두 휴식이 필요하다.

나는 주로 이른 아침에 글을 쓰지만 밤을 새워 글을 쓰는 사람도 많다. 나는 늘 너무 지쳐 있고, 해내지 못할까 봐 걱정되어 온종일 몸이 아프고 속이 울렁거린다. 글쓰기는 이런 내게 항불안제 같은 역할을 한다. 매일 아침 두 시간짜리 알약을 먹으면 나머지 시간을 더 즐겁게 보낼 가능성이 커진다. 물론 내 상황이 지금과 다르다면 더 적응하기 힘들 수 있다. 만약 아침 여섯 시에 출근해야 한다고 해도 나는 글쓰기를 미루지 않고 새벽 네 시에 일어나려 노력할 것이다.

손이 바쁘면 생각이 자유로워진다고 했던가? 예전에 나는 집안일에 대해 극도로 짜증을 냈다. 그러던 중 애거사 크리스티가 설거지하면서 소설을 구상한다는 글을 읽고는 모든 집안일을 하는 시간을 '생각하는 시간'이라고 새롭게 이름 붙이기로 마음먹었다.

시간이 주어져야 창의력을 발휘할 수 있는가? 나는 글을 쓴 다음, 집안일이나 잡일을 처리하면 빨래를 개거나 슈퍼마켓에서 줄을 서는 동안 정말 끝내주는 아이디어가 떠오를 때가 많다. 특히 휴대전화 전원을 끄고 조용히 시간을 보낼 때 그런 경험을 자주 한다.

나는 작업 중인 작품을 다른 사람에게 읽어달라고 부탁하지 않는다. 많은 사람이 글쓰기 모임에서 위로와 격려를 받지만, 현실에서 돌아오는 반응을 생각하기 시작하면 이 단계에서는 그것이 혼란을 일으킬 수 있기 때문이다. 이와 관련해 당신이 특별히 정해놓은 절차가 없다면 주의해야 한다. 그리고 가족과 연인을 조심해야 한다. 나는 수강생 중 한 명에게 좋은 일을 한 적이 있다. 그녀가 와인을 몇 잔 마시고 술을 입에도 대지 않는 남편에게 최근에 쓴 글을 큰 소리로 읽어주고는, 원하는 만큼 열광적인 반응을 보이지 않았다고 화내는 것을 막았다.

마감 시간은 좋은 동기 부여제가 된다. 책임 파트너를 두는 것도 매우 유용한 전략이다. 목표를 달성하는 데 친구, 자녀 그리고 전문가를 이용할 수 있다. 책임 파트너가 가족이라면 그들에게 함께 참여한다고 느끼게 할 수 있다는 추가적인 이점이 있다. 봉쇄령이 지속되는 동안 나는 맷에게 이렇게 말했다. "엄마는 위층에 올라가서 두 시간 동안 글을 써야 한단다. 천 단어를 쓰고 싶고 인터넷을 보면 안 되거든. 네가 책임 파트너가 되어 엄마를 도와주겠니? 내가 얼마나 해냈는지 물어본 다음, 잘 했다고 말해주는 거야." 맷은 나를 좌지우지하는 권한을 갖게 되었다며 좋아했고, 나는 맷과 약속하면 훨씬 더 집중이 잘 되었다.

"빨리 끝내고 퇴근하라Job and knock"는 내 아버지가 광산에서 일할 때 인부들에게 자주 하던 말이다. 그들은 열심히 일하고 일을 마치면 교대 시간까지 기다리지 않고 곧장 집으로 갈 수 있었다. 나는 가끔 금요일이면 이 원칙을 적용한다. 천 단어를 쓰면 그날 일을 마쳤다며 특별히 기분을 낸다. 뇌는 보상을 좋아하는데 그것이 무엇인지는 중요하지 않다. 내게 금요일 보상은 책을 읽으면서 목욕하는 것이다. 나는 매번 다른 허브차를 제공하겠다고 약속하면서, 다양한 티백이 담긴 상자에 대한 기대감을 한껏 즐기도록 나 자신을 훈련했다. 나는 특별한 글쓰기를 할 때마다 사용하는 전용 머그잔이 있는데, 그것을 사용하길 고대하면서 즐거운 마음으로 그 시간을 기다린다. 이 원칙을 적용하려면 뇌를 속여야 한다. 뇌에게 책상에서 벗어나 있는 시간을 보상이라 말한다. 나는 이 일을 마치고 나면 달리기를 하러 갈지, 슈퍼마켓에 갈지 선택할 수 있다. 얼마나 짜릿한가!

흔적을 남기는 일은 재미있고 뇌도 좋아한다. 당신이 한 일에 체크 표시를 할 때 사랑의 하트도 같이 그려 넣는다. 일을 끝낼 때마다 항아리에 있는 조약돌을 다른 항아리로 하나씩 옮기는 방법도 좋다. 당신은 조약돌이 다른 조약돌과 부딪히면서 내는 소리를 기다리게 될 것이다. 글을 쓰는 동안에만 태울 수 있는 향초를 켜보자. 촛불을 끌 때 만족감을 느끼고 자신을 축하해준다. 당신이 해낸 것이다. 당신이 글을 썼다. 계속 그렇게 하면 나머지는 저절로 해결될 거라고 믿는다.

나는 한바탕 몰입하면서 상당한 분량의 글을 쓰고 나서 쉰다. 나는 여전히 더 완벽한 방법을 찾길 바란다. 하지만 완벽한 방법은 없고 지금 내가 가진 것도 충분히 괜찮다는 사실을 받아들여야 한다. 나는 공동 집필하는 상황에 대한 공상을 펼친다. 다른 사람들과 함께 한방에 앉아 부지런히 일한 다음, 다 같이 점심을 먹으러 나간다. 그곳은 아마 도서관일 것이다!

# 규칙적이고 정돈된 삶을 유지하기

규칙적이고 정돈된 삶을 살아라.
그러면 맹렬한 기세를 떨치며 독창적으로 일할 수 있다.
-귀스타브 플로베르

나는 2017년부터 일절 술을 마시지 않는다. 살면서 술을 너무 많이 마셨을 뿐 아니라, 술에 취하거나 숙취에 시달리면서도 글을 쓰려던 때가 있었는데 결국 나는 아무것도 끝내지 못했다. 처음 두 권의 책을 쓸 때는 술을 계속 마셔댔다. 그러나 초고가 끝날 때마다 술을 끊어야 했다. 음주량을 조절할 수 없었을 뿐 아니라 뇌가 흐리멍덩해져 일할 수 없었기 때문이다. 이때의 금주 경험을 통해 나는 숙취에 시달리지 않는 것이 얼마나 좋은지 알게 되었고, 술을 절제하려는 고통에서 벗어나 자유를 만끽할 수 있었다. 내게는 술을 조금 마시는 것보다 아예 안 마시는 것이 훨씬 쉬운 일이다. 내가 알코올에 무력하다는 사실을 인정하는 큰 걸음을 내디뎠고, 그 결정에 의문을 제기하지 않는 한 나머지는 간단하다. 나는 그냥 술을 마시지 않는다.

당신을 김새게 하거나 습관에 영향을 미치려고 이런 말을 하

238

는 것이 아니다. 내게는 자기 삶에 부정적인 영향을 미치지 않는 한도 내에서 술을 마시는 친구들이 꽤 많다. 하지만 수년 동안 나는 창의성을 발휘하는 부류의 사람들은 언제나 술집에 있어야 한다는 치명적인 속설을 사실로 믿었다. 지금 생각해보면 터무니없는 소리였다. 글쓰기는 힘들고 갖은 노력이 필요한 일이다. 술기운을 빌려 글을 쓰려던 일을 그만둔 뒤 나는 훨씬 더 행복해졌다.

이와 관련해 나는 더 넓은 세상, 이를테면 술집, 가게, 광산, 석유 굴착 장치에서 일하는 사람들에게 글쓰기가 진 빠지는 일이라 말하면 나 자신이 바보같이 느껴지지만 글쓰기는 정말 그렇다! 글쓰기는 많은 것을 요구하기 때문에 당신의 온몸을 잘 돌보아야 한다. 잘 먹고, 가끔 바람도 쐬고, 요가도 하는 것이 좋다. 체력을 길러야 한다.

# 힘든 시기를 이겨내는 법

살면서 자잘한 어려움을 무수히 많이 겪는다. 이가 아프다고, 공과금
을 내야 한다고, 옆방이나 같은 방에 아픈 아기가 있다고, 시댁 식구가
방문한다고, 연애가 끝났다고, 정부가 끝도 없이 서류 작성을 요구한
다고 해서 일하지 않아도 되는 작가가 어디 있겠는가?
－패트리샤 하이스미스

시련은 어떤 글쓰기 여정에서나 예상할 수 있는 일이다. 갱도
를 파다 보면 드릴이 부서지고 갑자기 물줄기가 쏟아질 수 있
다. 책을 쓰는 일을 항해라고 상상한다면 사나운 날씨에 맞닥
뜨릴 것을 대비해 돛을 손보아야 할 것이다. 나는 외부 사건 때
문에 마음이 심란하면 도구를 내려놓곤 했는데, 지금은 긴장을
풀고 나를 휩싸고 있는 감정에 맞서는 법을 배웠다.

앞서 말했듯 예전에는 맷이 깨어 있으면 집에서 글을 쓰는
것이 불가능했다. 아들이 무엇을 원하는지 너무 잘 알다 보니
나의 뇌가 엄마 역할과 작가 역할을 동시에 해내지 못했기 때
문이다. 그러다가 코로나바이러스가 대유행했고 내 선택은 두
가지로 좁혀졌다. 글을 전혀 쓰지 않거나 혹은 맷을 돌보며 글

쓰는 법을 익히는 것이다. 처음에는 도저히 글쓰기에 집중할 수 없었다. 내가 작업하던 소설은 무의미해 보였고, 뉴스에서 눈을 떼지 못했으며, 극심한 공포와 무의미한 예측에 사로잡히고 말았다. 매일 하던 운동량을 채우러 밖에 나가는 것조차 싫었다. 내가 유일하게 하고 싶은 일은 소파에 누워 아이스크림을 먹는 것뿐이었다.

이런 날이 얼마간 계속되자 기분이 심하게 가라앉기 시작했고, 정신 건강에 문제가 생기기 전에 대책을 세워야 했다. 나는 남편에게 뉴스를 끊어야겠다며, 매일 꼭 챙겨봐야 할 하이라이트 기사만 스크랩해달라고 요청했다. 다음 날 나는 아침 일찍 달리기하러 나가면서 남편과 아들에게 내가 우리 생활에 맞는 글쓰기 일정을 세우는 것을 도와달라고 부탁했다. 나는 아들에게 그와 함께 있을 때는 되도록 글을 쓰지 않으려고 노력하겠지만, 그렇더라도 함께 있을 때 글을 쓰는 법을 익혀야 한다고 설명했다. 우리는 난 아침에 글을 쓰는 시간을 갖고, 맷이 일어나면 나를 보러 오긴 하되, 정오까지는 아빠와 함께 시간을 보내기로 약속했다. 나는 점심 식사가 끝날 때까지 일절 바깥세상을 접촉하지 않겠다고 나 자신에게 다짐했다.

나는 25분 동안 집중해 일하고 5분 동안 쉬기를 반복하는 시간 관리 방법론인 포모도로 기법Pomodoro Technique(토마토 모양의 요리용 타이머 '포모도로'를 사용해 이 기법을 실행한 데서 유래되었다-

옮긴이)에 대해 친구에게 듣고 자극받아, 두 시간 동안 30분씩 네 번 타이머를 맞추기로 했다. 이 방법은 정말 효과가 좋았다. 가끔 맷이 방해했지만 그때마다 나는 그를 안아주며 타이머를 가리켰다. 맷에게 내가 아침을 오랫동안 먹지 않도록 감시해 달라고 부탁했고, 그는 내게 다시 일터로 돌아가라고 말하면서 무척 즐거워했다. 오후에는 맷에게 온전히 집중했는데 그와 함께 책을 읽고 학교 공부를 도왔다. 맷이 전자기기를 가지고 놀 때 나는 이메일에 답장하고 줌으로 화상회의를 했다.

필요는 발명의 어머니였고, 엄격한 규칙에 따라 즐겁게 사는 수도원도 있다는 사실을 깨달았다. 다시 소설로 돌아가자 열정이 생겼고, 타이머를 잊어버릴 수 있었지만 인터넷 금지 규칙은 여전히 엄격히 지켜야 했다. 몇 개월이 지나고 온갖 힘들고 속상한 일들이 생겼을 때 나는 모닝 페이지에 그 모든 것을 기록했다. "기분이 좋아질 것 같아 나를 위해 이것을 하고 있다. 그리고 미래의 나를 위해! 그녀도 관심을 가질 테니까"라고 나 자신에게 말하며 그 모든 것을 글로 쏟아냈다.

## 몸이 아플 땐 어쩌지?

'창작의 충동에 불붙이기'로 돌아가보자. 막대기가 너무 축축해 불이 붙지 않는데도 계속 붙이려 한다면 금방 기진맥진해질 것이다. 이따금 몸이 아프면 나는 하루 이틀 정도 침대에서 뒹

굴뚱굴하면서 스스로 진단해본다. 내가 프로젝트에 두려움을 느끼는 것이 아니라 정말로 몸이 아픈 것인지 확인한다. 만약 이번에 휴가를 낸다면 소셜미디어와 이메일로 휴식 시간을 날려 버리지 않도록 신경 써야 한다. 전자기기를 내려놓고 침대에 누워 잠을 청할 것이다. 하지만 행동은 두려움을 치유한다고 했다. 만약 내가 글쓰기를 계속할 수 있다면 오히려 글쓰기가 기분을 나아지게 해줄 것이다.

### 우울할 땐 어쩌지?

이는 어려운 문제고 사람마다 다르게 느낀다. 우울할 때 가장 중요한 것은 자신을 돌보는 일이지만 자신이 우울한 눈으로 프로젝트를 바라보고 있다는 사실을 깨닫는 과정도 필요하다. 잠시 글쓰기를 중단해야 할 수 있다. 감정 목록을 작성해 에너지를 충분히 얻었다고 해도 모든 것이 쓸모없고 무의미해 보이는 마음 상태일 때는 큰 결정을 내리지 않는 것이 좋다. 글쓰기는 다 쓸데없고 가치 없는 일이라 단정해선 안 된다.

우울할 때는 큰 결정을 내리지 않는다는 이 원칙은 내 삶을 더 나은 방향으로 바꾸어놓았다. 나는 기분이 가라앉으면 극단적인 자기 관리 태세로 전환해 기분이 나아질 때까지 되도록 나 자신에게 아무것도 요구하지 않는다. 삶, 사람, 직업 그리고 내가 쓰고 있는 책들을 포기하고 싶을 때도 있지만, 우울함을 극복하고 나면 더 이상 모든 것을 싫어하지 않을 것이기 때문에 이런 충동을 억제하는 법을 배웠다. '너는 미래에 네가 살아 있어서 기쁠 거야'라고 혼잣말을 하고는 잠자리에 든다.

## 세상 돌아가는 사정에 화가 날 땐 어쩌지?

이는 까다로운 문제다. 당신이 세상의 모든 것에 잔뜩 겁먹고, 자기 목소리를 찾고 사회에 공헌하는 일을 등한시한다면 세상은 어떻게 될까? 나는 뉴스를 너무 많이 보면 무기력하고 우울해진다. 그럴 때마다 나는 이는 누구에게도 도움이 되지 않으므로 당분간 뉴스 시청을 줄이는 것이 좋겠다고 생각한다. 소설가 힐러리 맨틀은 "소설가가 냉소적이거나 따분하다면, 인간의 가능성이 희박하다고 느끼면 소설가의 권위를 박탈당한다. 당신은 세상이 달라지고 더 나아진다는 믿음으로 글을 써야 한다"라고 말했다. 나는 그녀의 말을 듣고 우울함에 굴복하지 않는 것이 올바른 선택이라는 사실을 깨달았다.

## 피곤할 땐 어쩌지?

'멈춤(HALT)'은 중독자 회복 모임에서 사용되는 약어다(H(hungry) A(angry) L(lonely) T(tired)의 머리글자를 따서 만들었다-옮긴이). 갈망하는 것이 있다면 일단 멈추고 배가 고프거나, 화가 나거나, 외롭거나, 피곤한지 자신에게 물어봐야 한다. 이 기법은 일상생

활뿐 아니라 글쓰기에도 유용하다. 부정적인 기분으로 일을 판단해선 안 된다. 부끄럽지만 나는 최근에야 하던 일을 중단하고 점심 먹는 것이 내게 얼마나 중요한지 깨달았다. 나는 배가 고프면 의기소침해지면서 작품이 마음에 들지 않아 글을 일부 잘라내거나 포기하고 싶어지기 때문이다. 나는 그냥 배가 고플 뿐이다! 에너지가 고갈된 상태에서 일하는 습관을 버린 뒤 내 글쓰기 생활은 훨씬 더 즐거워졌다.

## 글이 자꾸 막힐 땐 어쩌지?

처음부터 글이 술술 풀리고 점점 좋아지면서 자신감이 붙을 거로 생각하면 솔깃할 수 있다. 하지만 글쓰기는 욕망과 두려움 사이 줄다리기와 같기에 수시로 감정이 들쭉날쭉할 수 있다. 나는 하루에도 몇 번씩 "이거 참 멋진데. 어쩌면 난 천재인지도 몰라"와 "이건 역대급 쓰레기야" 사이를 오간다. 이런 심리 상태는 당신이 단번에 완벽하게 개선할 수 있는 것이 아니다. 나는 긍정적인 관심에도 마음이 불안해지고, 겁에 질리면 온몸이 경직되어버린다. 이 사실을 알기 때문에 순풍에 감사하고 돌풍에 덜 휘청이는 것을 고맙게 여기며 작가로서의 감정 기복을 순조롭게 헤쳐 나갈 것이다. 정말 막막할 때는 감정 목록을 만든다. "나는 책을 쓰고 싶지 않다. 왜냐하면 ____." 얼핏 직관에 어긋나는 것처럼 보일 수 있지만 두려움을 가슴속에 묻어두는 것보다 글로 쏟아내는 것이 훨씬 낫다. 종이 위에 모두 쏟아낸 뒤 마음을 가라앉히고, 자신에게 무언가 좋은 일을 하고, 다시 열심히 하면 된다.

## 혼란스러울 땐 어쩌지?

이런 마음은 정상이다. 나는 이것 때문에 나 자신에게 화가 치밀곤 했다. 그러다가 항상 혼란스러움이 사라지고 결국 모든 것이 명확해지기 전에 극도의 혼돈 상태에 빠져든다는 사실을 깨달았다. 마치 봄맞이 대청소와 같다. 더 좋아지기 전에 더 나빠진다. 물건이 온통 바닥에 널브러져 있어 어떻게 정리해야 할지 알 수 없을 때가 있다. 하지만 당신은 기운을 회복하고 열심히 일해야 하고, 그렇게 될 것이다.

## 여전히 두려울 땐 어쩌지?

두려움을 경외감으로 바꿀 수 있을까? 이렇게 생각해보자. '나는 문지방에 서 있다. 내 앞에 놓인 과제에 경외감을 느낀다. 글을 쓰는 것은 엄청난 일이다. 하지만 나는 오늘 놀기만 한다. 내가 원하지 않으면 그것을 아무에게도 보여주지 않아도 된다. 나는 그저 글을 써야 하고, 그러고 나면 기분이 훨씬 좋아질 것이다. 자, 시작하자. 첫 문장이 가장 어려운 법이다.'

술을 끊으려 할 때 나는 두 잔 마시고 멈추는 것은 불가능했지만 아예 안 마실 수는 있었다. 처음으로 술 마시자는 제안을 거절할 때가 가장 힘들었다. 그 후 점점 쉬워졌고, 저녁 무렵 지하철에서 술에 취한 사람들에 둘러싸여 있을 때 내가 술에 취하지 않았다는 사실이 더없이 기뻤다. 첫 거절의 두려움을 극복하기 위해 나는 〈첫 번째 상처가 가장 깊다The First Cut Is the Deepest〉(캣 스티븐스가 작곡하고 P.P. 아널드가 부른 노래-옮긴이)라는 노래에 맞춰 '첫 거절이 가장 어렵다'라고 흥얼거리곤 했다. 불안의 문지방에 서 있다면 당신도 시도해보라. 일을 시작하면서 자신에게 '첫 문장이 가장 힘들다'라고 노래를 불러준다.

## 일하다가 지겨워질 땐 어쩌지?

나는 지루하다는 것은 작품이 좋지 않다는 신호라고 여겼는데, 제임스 클리어의 책 『아주 작은 습관의 힘』을 읽고 생각이 바뀌었다. 그가 인터뷰한 올림픽 대표팀 코치는 남보다 빠른 시작과 반복되는 훈련의 지루함을 견딜 수 있는 사람이 성공하는 선수라고 말했다. 나는 이제 지루함이 중요하며, 기분 전환을 시도할 것이 아니라 지루함을 붙들고 있어야 한다는 사실을 안다. 그 이유는 모르지만 중대한 돌파구가 열리기 직전에 참을 수 없을 만큼 심각한 지루함을 자주 느낀다. 당신의 원고를 인생에서 가장 흥미로운 것으로 만들고 싶다면 이 방법이 도움이 될 것이다. 나는 모든 형태의 오락거리를 없애버린 다음, 오롯이 나 자신을 즐기는 시간을 갖는다.

## 모든 것이 감당하기 어려울 땐 어쩌지?

가끔 머리가 터질 것 같고 생각이 벽에 부딪힌 것 같은 기분이 들 때가 있다. '너무 힘들어. 이제 더 이상 못할 것 같아'라고 생각하는 순간이다. 요즘에는 심호흡을 자주 하고, 생각의 확장을 반기고, 새로운 생각을 하며, 인식을 키우고 있다는 사실을 즐기려 노력한다. 지금, 이 순간 내가 인터넷이나 비스킷 통에서 즉각적이고 진부한 방식으로 마음을 달래지 않고 책상에 앉아 있다는 사실이 중요하다. 큰 파도에 휩쓸려 쓰러진 것처럼 마구 흔들린다. 숨이 막힐 것 같고 다시는 일어나지 못할까 봐 불안하지만 나는 다시 일어설 것이다. 그저 물에 뜨기만 하면 된다. 물살을 계속 헤치기 위해 키보드 위에 손가락을 올린다.

　나는 맷에게 『헝거 게임』을 읽어준 적이 있다. 우리는 캣니스 이야기와 그녀가 판엠이란 나라의 텔레비전 오락 프로그램을 위해 다른 젊은이들을 상대로 싸우는 방법에 넋이 나갔다. 그녀는 최대한 많은 것을 배우려 노력하며 도전할 준비를 했다. 책을 쓰는 일은 자발적으로 그런 경기장에 올라가는 것과 같다. 당신은 훈련하고 준비하고 기존 기술을 습득하지만 그 안에서 무엇을 찾아야 하는지 모른다.

　산불, 추적 말벌, 돌연변이 개…. 우리는 스크린에서 고통을 경험하고 자신에게 해로운 일을 하기 쉬운 세상에 살고 있다. 그 순간 나는 포만감, 위안, 즐거움 그리고 평온함을 얻고 싶다. 내가 작품을 창작하는 유일한 방법은 단기적 쾌락에 대한 접근을 차단하고 만족감을 맛보기 위해 욕구 충족을 늦추는 법을 배우는 것이다. 바로 당신의 경기장에 가득 차 있는 것이다. 추적 말벌이 만든 환각이 머릿속에서 윙윙거리면서 당신에게 너무 힘들다, 너무 어렵다, 가서 도넛이나 실컷 먹어야지, 트위터나 봐야지, 술이나 마시자, 소파에 드러눕자고 말하는 것이다. 그런 환각에 저항하라. 자아를 되찾아라. 글쓰기로 돌아가라.

경기장은 기적의 치료법, 새로운 발견 그리고 치유력을 지닌 식물로 가득 차 있고, 당신은 자신도 모르는 용기와 능력을 지니고 있다. 글쓰기를 당신의 경기장으로 삼아라. 대담해져라. 앞으로 나가라. 이는 다른 어떤 것과도 비교할 수 없는 아주 특별한 발견의 여정이다. 모든 것은 마음먹기에 달려 있다.

# 작가들에게

*성공은 자신을 좋아하고, 자신이 하는 일을 좋아하며,*
*자신이 그 일을 하는 방식을 좋아하는 것이다.*
*–마야 안젤루*

우리는 먼 길을 왔다. 작별 인사를 나누기 전에 마지막으로 한 가지 당부하고 싶다. 내가 최근에 알아낸 사실인데 작가로서 당신이 앞으로 나아가는 데 도움이 되리라 믿는다.

글쓰기나 글쓰기로 성공하는 것을 행복의 조건으로 삼아선 안 된다. 책을 쓰기 전에도, 책을 쓰는 동안에도, 아무도 책을 내고 싶어 하지 않아도, 누군가 책을 내더라도, 많은 사람이 책이 훌륭하고 삶을 바꿀 만하다고 칭찬해도, 책이 지루하고 형편없다고 비판해도 우리는 가치 있는 사람이다. 만약 우리가 성취의 이면이 아니라 자기 안에서 가치를 찾는다면 그 덕분에 우리는 더욱 발전할 것이고, 가혹한 운명의 돌과 화살을 더 잘 처리할 것이다. 그러므로 글을 쓰는 행위 그 자체만을 위해 글을 써보자.

작가들이여, 마지막으로 나와 약속하자. 우리는 글쓰기가 시간과 관심을 쏟을 만한 가치가 있다는 말을 다른 사람의 입을 통해 들을 때까지 기다리지 않을 것이다. 외부 검증에 대한 열망을 떨쳐 버리는 것을 영광으로 여길 것이다. 호기심을 마음껏 즐기고, 작품 자체의 의미와 목적에 집중하며, 삶을 종이 위에 옮기는 노력과 짜릿함에 자신을 내맡길 것이다.

# 에필로그

나는 작가들과 함께 콘월주의 케슬 바턴에 있다. 첫 번째 코로나바이러스 봉쇄령이 내려지기 직전이다. 뉴스는 갈수록 놀라운 소식뿐이고 우리는 모두 긴장하고 있다. 공포에 휩싸여 모든 것을 잃기보다 이 시기를 잘 활용하는 데 집중하려 한다. 나는 이 책을 쓰는 데 이용하기 위해 강의를 녹음하고 있다. 현실에서 사람들과 함께 있을 때 최상의 것을 끌어낼 수 있기 때문이다. 녹음한 내용을 옮겨 적으면서 그 에너지를 글로 담아낼 수 있길 바란다.

내 친구 클레어는 이곳에서 자연의 이점에 대한 책을 쓰고 있다. 그녀는 수업을 시작하기 전에 우리에게 잠시 삼림욕을 하자고 제안했다. 그녀가 감수성에 대해 다정하게 이야기하는 동안 우리는 동그랗게 둘러서 있다. 클레어는 무언가를 수용하는 데 잘못된 방법은 없다고 말한다. 자연 속에서 여러 번 심호흡하고 나자 마음이 한결 편안해진다. 방울이 달린 털실 모자를 쓴 아름다운 클레어를 바라보며 내가 그녀의 우정을 얼마나 소중하게 여기는지 생각한다. 목도리를 두르고 장갑을 낀 다른 사람들도 힐끗 본다. 그들은 새롭게 관계를 맺은 사람들이다. 불과 며칠 전만 해도 낯선 사람들이었지만 이곳에서 우리는 친해졌고, 서로 취약점을 공유하고 있다.

클레어는 우리에게 아담한 장소를 찾아 열심히 조사해보라는 임무를 맡긴다. 나는 며칠 동안 지나다닌 벽에 갖가지 이끼가 얼마나 많이 자라고 있는지 알아채지 못했다. 하마터면 갈색과 녹색의 색조가 그렇게 다양하다는 것을 모르고 살 뻔했다. 벽과 풀 사이에 작은 프림로즈 다발이 둥지를 틀고 있다. 내가 어떻게 그것을 알아채지 못했을까? 서두르고 정신이 딴데 팔려 있었기 때문이다. 서두르면 바로 코밑에 있는 것도 놓친다.

우리가 다 함께 돌아오자 클레어는 자연이 이미 버린 무언가를 찾자고 제안한다. 나는 꽃봉오리나 잎이 달리지 않은 나뭇가지를 선택한다. 나는 그것을 전체 구조를 이해하기 전에 편집을 계속하면 안 되는 이유를 설명하는 데 사용할 수 있다. "이것 봐요. 꽃이 만발했다면 나뭇가지를 꺾기가 어려웠을 거예요"라고 말할 것이다. 그러고 보니 가시가 있어서 조심히 다루지 않으면 가시에 찔릴 수 있었다. 그 부분도 마음에 든다. 우리 이야기를 다룰 때는 세심한 주의가 필요하다.

클레어는 계절에 대해, 겨울이 가고 봄이 오는 것에 대해 이야기한다. 나는 겨울잠 자는 법을 배우고 싶다. 내게 휴지기를 허락해 다시 비옥해지는 법 말이다. 나는 장미 화분을 하나 사서 우리 집 현관문 옆에 두고 기르기로 마음먹는다. 장미가 자라는 과정을 지켜보면서 꽃과 가시, 아름다움과 위험, 기쁨과 고통의 친밀함을 생각할 것이다.

강의가 끝난다. 클레어를 비롯한 다른 사람들과 함께 자연을 배경으로 15분 동안 멀리 여행을 다녀온 것 같다.

몇 개월 뒤 나는 집에 있다. 코로나바이러스는 계속된다. 옆길로 빠지기 쉬운 때이지만, 살면서 외부 사건 때문에 글을 쓰지 못한 채 많은 세월을 흘려보낸 나는 멈추지 않고 계속하고 싶다. 내가 녹음한 것들이 생각난다. 재생 버튼을 누르고 우리가 매일 모였던 애플 스토어로 이동한다. 좋은 친구들 덕분에 마음이 훈훈하다. 내가 연습 문제를 내고 타이머를 5분으로 맞추는 소리가 들린다. 뒤이어 나오는 그다지 조용하지 않은 정적을 즐거운 마음으로 듣는다. 나는 공동 집필의 소음이 참 좋다. 종이 위에 펜을 긁는 소리, 키보드를 두드리는 소리, 이따금 코를 훌쩍이는 소리, 때로는 킥킥거리는 소리, 깊은 한숨 소리도 들린다. 빨리 감기를 할 수 있지만 서두르지 말라고 나 자신을 다독인다. 귀를 기울이고 내 작은 방의 창밖으로 시선을 돌려 저 멀리 나무와 집 사이에 놓인 파란색 삼각형을 바라본다.

5분이 지났다. 나는 다시 말하고 있다. 내 카디건이 가시 돋친

나뭇가지에 걸렸고, 사람들이 옷을 빼주면서 웃는 소리가 들린다. "그건 무언가에 대한 은유야." 내가 말한다. 내가 하는 이야기를 계속 들으면서 작가들과 그들이 자기 안으로 파고드는 작업을 하는 동안 영광스럽게도 나를 곁에 있게 해준 다른 모든 사람에게 감사한 마음이 물밀듯 밀려온다. 드디어 내 목소리 내는 것을 좋아하는 법을 배우고 있다는 생각이 문득 스친다.

## 더 읽을거리

시간을 내서 글을 쓴 다음, 글쓰기를 위해 할 수 있는 가장 좋은 일은 책을 읽는 것이다. 지금쯤이면 내가 당신에게 소셜미디어와 뉴스에 빼앗기는 시간을 줄이고 장문의 이야기에 더 많은 시간을 할애하라고 권하는 것이 그리 놀랄 일이 아닐 것이다. 나와 함께 내 책장을 이리저리 거닐어보자.

### 글쓰기 코너

나는 수십 년 동안 이 책들 중 일부를 읽었다. 이 책들을 다시 찾을 때마다 무언가를 발견한다. 그것을 받아들일 준비가 될 때까지는 알아채지 못했던 것이다. 이 책들의 공통점은 저자가 자신의 과정을 공유하는 데 진정성을 보이고, 우리가 성공하길 진심으로 바라는 선의가 느껴진다는 것이다. 이 책들은 모두 많은 영감을 주는 데 반해 규칙은 적다.

### 『작가 수업』 도러시아 브랜디

1934년 출간된 이 얇고 실용적인 책은 무의식의 풍요로움에 접근하기 위해 가장 먼저 글을 쓰라고 권한다. "작가 생활을 하는 동안 안이한 작가들에게 이따금 찾아오는 정신적 가뭄의 위기에 처할 때마다 머리맡에 펜과 종이를 두고 아침에 일어나 글을 써라."

### 『아티스트 웨이』 줄리아 캐머런

이 책에서 소개하는 12주 동안 진행되는 창의력 회복을 위한 과정은 영감과 지혜로 가득하다. 나는 캐머런이 연습 항목과 일화를 엮는 방식을 좋아한다. 금주 모임을 결성해 최근 술을 끊은 몇몇 여성들을 알고 있는데, 그들을 만날 때마다 마음이 흐뭇해진다. 엘리자베스 길버트는 세 번이나 술을 끊었는데, 모두 『먹고 기도하고 사랑하라』 덕분이라 말한다.

### 『빅매직』 엘리자베스 길버트

우리가 다양한 굴레에서 벗어나야 한다고 촉구하는, 신선하고 매혹적인 선언문이다. "당신에게 활기를 불어넣는 것이라면 그것이 무엇이든 하라. 자신의 매력, 집착, 강박에 충실해야 한다. 그것들을 믿어라. 마음속에서 혁명을 일으키는 것은 무엇이든 창조하라. 나머지는 저절로 해결될 것이다."

### 『뼛속까지 내려가서 써라』 나탈리 골드버그

1986년 출간된 이 관대한 책은 모든 페이지에 실용적인 조언과 힘이 되는 지혜를 가득 담고 있다. "인생은 매우 풍요롭다. 만약 당신이 과거와 현재 방식에 대한 세부 사항을 생생하게 기록할 수 있다면 다른 것은 대부분 필요 없다."

### 『유혹하는 글쓰기』 스티븐 킹

이 짧고 단단한 책은 멋진 회고록 쓰기를 다루고 있는데 그 안에 보석이 가득하다. "감정적으로나 창의적으로 힘들다는 이유로 글쓰기를 중단하는 것은 좋지 못한 생각이다. 기분이 내키지 않을 때도 계속해야 하고, 고작 하는 일이라고는 앉아서 헛소리를 늘어놓는 것밖에 없다고 느낄 때가 좋은 글을 쓰고 있을 때이기도 하다."

### 『쓰기의 감각』 앤 라모트

"거의 모든 좋은 글은 끔찍하기 짝이 없는 첫 번째 노력에서 시작된다." 나는 이 매력적인 책을 너무 자주 읽어서 정말이지 앤 라모트가 친구처럼 느껴진다. 그녀 곁에 있는 사람들은 활기를 불어넣기도 하고 마음을 달래주기도 한다. 그녀는 일을 끝내는 방법으로 짧은 과제와 '조잡한 초안'에 역점을 둔다.

『**비 오는 연못에서 수영하기**_A Swim in a Pond in the Rain_』 조지 손더스

나는 최근 주말 동안 이 책을 읽으며 호사스럽게 보냈다. 이 책은 러시아 단편 소설에 대해 다루지만 회고록 작가가 즐길 만한 내용이 많다. 손더스는 아름다운 작가이자 사상가다. 그가 말하는 '상징적 공간' 개념은 목소리와 관련이 깊다.


## 구원 코너

다음 책들은 모두 글쓰기와 삶의 행동적인 면에서 도움이 되었다. 나는 인터넷을 하지 않는 저녁마다 이 책들을 읽었다. 기분이 가라앉을 때마다 구원 코너를 훑어보며 현대사회의 스크럼(미식축구나 럭비에서, 쌍방의 팀에서 세 명 이상의 선수가 공을 에워싸고 서로 어깨를 맞대어 버티는 공격 태세 – 옮긴이)에서 내가 이미 알고 있지만 쉽게 잊어버리는 것을 떠올리곤 한다.


### 『**난초와 민들레**_The Orchid and the Dandelion_』 토머스 보이스

오, 내가 단지 부러진 민들레가 아니라는 것을 깨달은 기쁨이여! 보이스는 어떤 사람들은 어디서든 잘사는 반면 다른 사람들은 환경에 더 민감하게 반응할 거라고 믿으며, 삶을 "훨씬 더 강렬하고, 고통스럽고, 생생하고, 가변적인" 난초로 묘사한다. 나는 그의 말에 크게 공감했고 이 책은 많은 작가와 책벌레에

게 의미 있는 책이라 생각했다.

### 『아주 작은 습관의 힘』 제임스 클리어

나는 항상 전통적인 동기부여와 목표 설정에 어려움을 겪어왔다. 이 책은 그 이유를 설명하고 좋은 시스템을 마련하는 방법에 대한 실용적인 조언을 가득 담고 있다. "결과보다 과정과 사랑에 빠지면 행복해지기 위해 기다릴 필요가 없다."

### 『오늘 아침은 우울하지 않았습니다』 힐러리 제이콥스 헨델

감정 목록을 작성하는 일이 당신에게 도움이 되었다면 이 책에서 살펴볼 것이 많을 것이다. "우리의 감정은 삶의 나침반이다. 누구나 자신의 핵심 감정을 저버리지 않고 살아갈 수 있고 불안, 수치심, 죄책감, 우울증, 중독, 집착 그리고 다른 증상들을 줄일 수 있다. 어떻게? 기저에 깔린 핵심 감정을 파악하고 그것과 함께하는 방법을 배우면 가능하다."

### 『디지털 미니멀리즘』 칼 뉴포트

우리가 왜 소셜미디어에 그토록 민감하게 반응하는지, 간헐적 피드백이 어떻게 슬롯머신처럼 작동하는지, 우리의 사회적 인정 욕구가 '수익성 있는 행동 중독'으로 어떻게 내몰리는지 이해하는 데 정말 유용하다. 디지털 기계 치워두기, 온라인 활동을 중지하는 의식 등 풍부한 전략이 수록되어 있다.

### 『창의성을 위한 마음챙김 *Mindfulness for Creativity*』 데니 펜먼

미로 실험을 당하는 쥐를 설명하는 책이다. 우리의 뇌가 어떻게 우리를 속여 위협을 과대평가하고 보상과 기회를 과소평가하는지 아주 잘 보여준다. "어쨌든 겁에 질려 한없이 망설이고 위험을 감수하지 않는다면 당신은 진정으로 창의적일 수 없다."

### 『나는 오늘부터 달라지기로 결심했다』 그레첸 루빈

사람들을 네 가지 유형으로 나누고—나는 강제형이다—어떤 전략이 우리에게 가장 좋은 성공 기회를 제공하는지 보여주는 습관에 대한 책이다. 그것은 어디에나 적용되는데, 내가 술을 끊고 달리기를 시작하고 일을 어떻게 끝내야 하는지 나만의 방법을 찾는 데 도움을 주었다.

### 『사랑하는 사람의 죽음이 내게 알려준 것들』 줄리아 새뮤얼

모든 종류의 상실에 대한 감동적인 사례를 소개하는 이 책은 지금까지 내가 읽은 슬픔에 대한 책 중 단연 최고였다. 새뮤얼은 그것을 '상실의 고통과 생존 본능 사이 줄다리기'라고 묘사했는데, 슬픔의 비선형적인 특징을 이해하는 데 도움이 되었다.

## 『내 안의 그림자 아이』 스테파니 슈탈

슈탈은 우리의 문제는 대부분 과거에 배운 자기 보호 전략에서 비롯된다고 말한다. 이 책은 다른 사람들을 불쾌하게 하거나 실수하는 것에 대한 두려움이 내 삶과 글쓰기에 얼마나 큰 피해를 주고 있는지 확실히 알게 해주었고, 내 마음이 조금이나마 가벼워질 수 있는 전략을 제시해주었다.


## 회고록 코너

나는 책을 읽을 때 처음에는 재미를 위해 빠르게 훑어본 다음 다시 돌아가 정독한다. 작가는 어떻게 내가 그런 감정들을 느끼도록 만들었을까? 그들은 어떻게 등장인물을 정하고, 오랜 기간을 버텨내고, 이야기의 마지막을 끝날 때까지 몰랐다는 사실과 이 고통스러운 주제를 감당했을까? 그들은 어떻게 내 주의를 끌고 내가 관심을 쏟게 했을까? 다음은 그런 책들의 좋은 예다. 그 책들의 첫 문장을 적어두었으니 그들의 목소리를 파악하고 어떻게 이야기를 구성해나가는지 눈여겨보길 바란다. (마지막 연습 문제를 원한다면 당신의 출발점이 무엇인지 묻기 위해 다음 책들을 이용하길 바란다.) 경고하자면 그들이 책을 잘 썼다고 기죽을 필요 없다. 이 책들은 작가의 펜 끝에서 곧바로 흘러나온 것처럼 읽히지만 모두 엄청난 노력을 쏟은 결과물이라는 점을 기억해야 한다. 지금 자신이 쓰고 있는 책과 이미 출간된 책을 비교하는 일은 잠옷을 입고 오스카 시상식을 보면서 레드 카펫을 밟을 준비가 되어 있지 않다고 자책하는 것과 같다.

『사랑에 대해 내가 아는 모든 것』 돌리 앨더튼

"로맨틱한 사랑이 세상에서 가장 소중하고 짜릿하다."


『새장에 갇힌 새가 왜 노래하는지 나는 아네』 마야 안젤루

"나는 잊어버렸다기보다 기억할 마음이 들지 않았다."


『매기와 나 』 데이미언 바

"1984년 10월 12일이다."


『빈천하게 태어난 아이*Lowborn*』 케리 허드슨

"해피엔딩으로 시작할까?"


『숨결이 바람 될 때』 폴 칼라니티

"나는 CT 정밀검사 결과를 휙휙 넘겼다. 진단은 명확했다. 무수한 종양이 폐를 덮고 있었다. 척추는 변형되었고 간엽 전체가 없어졌다."


『조금 따끔할 겁니다』 애덤 케이

"2010년 6년간 호된 수련 과정을 거치고 병동에서도 6년을 죽어라 일했지만 의사라는 따분한 직업이 싫어 결국 때려치우고 말았다."

『**죽다** *Giving Up the Ghost*』 힐러리 맨틀

"2000년 7월 말의 토요일이다. 우리는 노퍽의 리팸에 자리한 올빼미 오두막에 있다."

『**삼백초** *Bluets*』 매기 넬슨

"내가 색깔과 사랑에 빠졌다고 말하면서 시작한다고 해보자."

『**나는, 나는, 나는** *I Am, I Am, I Am*』 매기 오파렐

"앞길에서 한 남자가 바위 뒤에서 걸음을 옮기며 모습을 드러냈다."

『**상투를 튼 소년**』 사스남 상게라

"술을 마시는 것이 꼭 기분 나쁜 경험일 필요는 없다."

『**갈색 피부의 아기** *Brown Baby*』 니케시 슈클라

"나는 엄마가 죽기 전까지 내가 부모가 된다고 생각해본 적이 없다."

『**내 이름은 왜** *My Name Is Why*』 렘 시세이

"열네 살 때 나는 내 이름이라 생각했던 것의 머리글자를 손에 문신했다."

『**배움의 발견**』타라 웨스트오버

"나는 지금 헛간 옆 빨간 기차간 위에 서 있다."


『**소금길**』레이너 윈

"파도가 육지와 부딪히며 점점 가까이 밀려오는 소리가 들려왔다. 그것 말고는 아무것도 생각할 수 없었다."


『**평범할 수 있는데 왜 행복해야 할까?***Why Be Happy When You Could Be Normal?*』재닛 윈터슨

"엄마는 내게 자주 화를 냈는데, 그때마다 '악마가 우리를 잘못된 아기 침대로 이끌었어'라고 말했다."

# 부록

나는 이 책의 집필이 막바지에 접어들면서 내가 존경하는 작가들에게 최고의 조언을 구하는 멋진 생각을 떠올렸다. 이들의 조언 덕분에 내가 편집의 마지막 단계까지 이 책을 끌고 나갈 수 있었다. 이제 당신에게 그 지혜와 격려를 전할 수 있어 무척 기쁘다.

어떤 일을 시간순으로 하는 것에 대해 걱정하지 말라. 당신이 쓰고 싶은 것―문장, 장면, 등장인물 소개―으로 시작한 다음, 거기서부터 풀어나가면 된다. 나는 이것을 '콜라주 글쓰기'라 부른다. 때로 어떤 일의 중심부로 곧장 들어가는 유일한 방법이 되기도 한다.

이야기 형태가 막히면 원을 그려라. 동일한 장소에서 혹은 동일한 두 사람으로 시작하고 끝내거나, 혹은 언급한 내용이 같은 곳을 찾는다. 이것이 잘 되면―책이나 대본, 심지어 기사에서도―독자에게 만족감을 줄 수 있다.

문학적 유행을 따르지 말라. 산뜻하고 가벼운 글을 자연스럽게 쓴다면 그렇게 쓰면 된다. 묘사하는 문장을 잔뜩 넣는 것을 좋아한다면 그렇게 하면 된다. 모든 글을 소리 내어 다시 읽어 본다. 너무 많은 사람에게 피드백을 요청하지 말라.

- 돌리 앨더튼, 『사랑에 대해 내가 아는 모든 것』 저자

무엇을 쓰든 엄마가 그것을 읽는다고 생각하지 말라. 당신이 할 수 있는 유일한 이야기는 자기 이야기이므로 다른 사람의 입을 빌려 말이나 의도를 표현하지 않는다. 같은 이유로 이 이야기는 당신의 진실이므로 다른 사람이 하는 말이나 생각이 당신의 입을 틀어막지 못하게 하라.

- 샘 베이커, 『더 시프트*The Shift*』 저자

쓰지 않는 것을 쓰는 것과 마찬가지로, 어쩌면 더 진지하게 받아들여라. 글이 막히거나 글을 쓰지 못할 때마다 당신과 글쓰기의 관계—그리고 자기 자신, 다른 사람, 더 넓은 세상과의 관계—에 대한 큰 교훈을 얻을 수 있다. 글이 풀리지 않는다고 자책하는 대신 자기 잘못을 과감하게 인정하고 이번에는 무엇을 배워야 하는지 찾아내야 한다.

—메그-존 바커, 『규칙 다시 쓰기*Rewriting the Rules*』 저자

당신이 쓴 글을 아무에게도 보여주지 않을 것처럼 초고를 쓰고, 나중에 생각해도 되는 구조와 형태는 잠시 잊고, 무언가를 글로 쓰기 시작할 때 어떤 일이 일어나는지 그저 지켜본다.

—칸티 바커, 『이 집은 영원할까?*Will This House Last Forever?*』 저자

우리 중 누구도 보장된 독자가 없기에 '글로 적는 것'은 당신에게 도움이 되는 것이어야 한다. 비록 독자가 대부분 사랑스러운 사람들이고, 그들의 후한 관심과 인정이 기쁨을 주더라도 다른 사람을 위해 글을 쓸 수는 없는 노릇이다. 자기 자신을 위해 써야 한다. 글을 쓰기 시작할 때 나는 (어리석게도) 이미 알고 있던 이야기를 단순히 다시 들려주겠다고만 생각했다—결국 내게 이런 일이 일어났지 않은가? 몇 달이 지나고 소중한 글을 몇 자 적은 다음, 기억을 더듬는 것보다 더 많은 일을 해야 한다는 것을 깨닫기 시작했다—과거를 회상하고, 자세히 기술하고 나서, 소설의 도구를 사용해 내 경험을 이야기로 재구성해야 한다. 과거를 통제하는 것은 당신을 현재에서 벗어나게 해준다. 여기에 내가 예상치 못했던 이점이 있다. 일단 당신이 힘든 것을 모두 글로 적고 나면, 잊고 있던 기쁨이 수면 위로 고개를 내민다. 깊고 어두운 곳에 잠겨 있던 멋지고 사랑스러운 것들이다.

— 데이미언 바, 『매기와 나』 저자

자신에 대해서 쓰고 있다면 방해가 되지 않도록 최선을 다해 자신을 치워버려라. 이는 모순어법이 아니다. 당신이 자기 경험을 상징하기 위해, 즉 그 경험의 대표자로 거기 있다는 의미다. 당신의 목표는 독자의 공감을 불러일으키거나 반응을 확인하는 것이다. 자신이 겪은 일에 대한 느낌은 중요하지 않은 경우가 많으므로 독자를 곧장 경험으로 끌어들여야 한다. 감정을 과장해서 드러내선 안 된다.

— 마리나 벤저민, 『나의 친애하는 불면증』 저자

글을 쓰고, 자기 이야기를 들려주고, 스스로 주장하고, 살면서 겪은 모든 기쁨과 고통에 대해 배우는 행위에는 엄청난 치유의 힘이 있다. 그러나 이야기를 책으로 내는 것은 치유의 경험에 포함될 수 없다. 필요하다면 마치 비명을 지르는 것처럼 자신의 어둠을 종이 위에 남김없이 쏟아내 글로 적는 것은 괜찮지만, 그것을 누구와 공유할지 생각할 때는 자신을 가장 친절하고 존중하며 공감하는 태도로 대해야 한다. 그런 경험에서 무엇이 필요한지 생각해보면서 여유를 갖는다. 살아있는 자신을 위해 글을 쓰고, 글을 읽는 자신을 위해 편집한다. 당신은 글쓰기로 마음의 평화를 얻길 바라지만 책을 낸다고 인정, 구원, 찬사를 받을 수 있는 것은 아니다. 당신을 사랑하는 사람들은 모두 이미 여기에 있다.

작문 교수님은 픽션은 진실을 추구해야 하지만 논픽션은 진실에서 시작해야 한다고 말했다. 그 출발점을 찾는 것은 어렵지만 꼭 필요한 일이다. 이는 글을 쓰기 시작할 때 초고는 거칠고 쓸모없는 것이 될 수 있다는 의미다. 하지만 글을 고치고 초고를 여러 번 다시 쓸 때 이야기의 핵심에 도달하려면 그 출발점을 찾는 일에 인정사정없어야 한다. 진실은 시간순도, 매번 처음부터 있는 것도 아니지만 거기서 시작한다면 강력한 무언가가 드러날 것이다.

때로 가장 개인적이라 생각한 것이 가장 보편적인 울림을 준다. 글을 쓰는 것이 두렵다면 그 이유를 자문해본다. 그것은 당신이 수치심을 느낀 경험을 공개하는 것이 두렵기 때문일 수 있다. 수치심은 자기혐오적 감정이고, 오직 침묵 속에서만 살아남을 수 있다. 수치심을 없애는 가장 좋은 방법은 자신의 취약점을 공유하는 것이다. 그 지점이 바로 당신이 독자와 끈끈한 관계를 맺는 곳이다. 보이지 않는 곳에 고결함이 있다는 생각을 공격하라. 아무도 당신의 진실을 경험하지 못했기 때문에 당신만큼 자기 이야기를 잘 들려줄 사람은 없다. 당신이 지니고 있으면 안 되는 수치심에 그 진실을 빼앗기지 말라.

— 엘리자베스 데이, 『실패하는 법*How To Fail*』 저자

자메이카 속담에 사실은 없고 오직 사실의 변형만 있다는 말이 있다. 나는 전자에 대해 별로 동의하지 않지만—몇 가지 사실이 있다고 생각한다—회고록에 대해서라면 후자는 분명 맞는 말이다. 내게는 생존한 형제자매가 다섯 명이 있다. 그들이 어린 시절에 대해 내가 무엇을 쓰는지 물으면 내 버전으로 쓴다고 말해준다. 그들도 얼마든지 자신의 버전으로 이야기할 수 있다. 하지만 당신이 어떤 버전으로 쓰든, 주의를 기울이고 부족한 부분은 업적으로 채워라. 영감을 주고, 정보를 제공하고, 즐거움을 주는 것이 더 좋다. 그렇다고 후세에 길이 남을 예술가는 되지 말라.

— 콜린 그랜트, 『운전하는 바지예*Bageye at the Wheel*』 저자

내 좌우명은 "K.I.S.S. 멍청아, 단순하게 하라! Keep It Simple, Stupid"이다. 작가는 아니지만 자기계발서를 좋아하는 아버지가 만든 말이다. 어린 시절, 학교 숙제를 하다가 막힐 때면 아버지는 종이에 옅은 색연필로 'K.I.S.S.'라고 쓰고 처음부터 천천히 다시 시작하라고 격려해주었다. 매 순간을 받아들이고 기본에 충실하라는 메시지다. 자신에게 물어보자. '이것을 훨씬 쉽게

바꾼다면 어떤 모습이 될까?' '이것의 가장 단순한 버전은 무얼까?' '어떻게 하면 이걸 쉬운 단계로 나눌 수 있을까?' 이 방법은 거의 모든 막다른 상황에서 효과를 볼 수 있다. 간단한 버전을 알아내는 것이 가장 낫다는 말에는 논란의 여지가 없다. 언제든 나중에 더 복잡하게 만들 수 있다(당신이 그렇게 하지 않을 경우를 제외하면 말이다. 항상 단순한 것이 가장 좋다). 나는 시험지를 받아들면 가장 먼저 맨 위에 이 좌우명을 적어넣고, 시험이 끝나면 의례적으로 지운다. 몇 년 뒤 나는 이것이 미 해군에서 만든 말이고, 디자인과 소프트웨어 개발 원칙으로 사용되었다는 사실을 알았다. 때로는 "선원이여, 단순하게 하라" 혹은 "병사여, 단순하게 하라"로 표현되기도 했다. 내 아버지 버전이 훨씬 더 잔인하지만 효과는 좋다. 숙제에도, 시험에도, 글쓰기에도, 모든 것에도 말이다.

— 비브 그로스콥, 『나는 웃었고, 나는 울었다 I Laughed, I Cried』 저자

이미 쓰인 것을 쓰려고 하지 말라. 이는 당신의 이야기이니 마음껏 자유롭게 말한다. 회고록을 쓰는 단 '한 가지' 방법은 없다. 장 길이부터 여담으로 하는 이야기까지 모든 것은 당신이 선택한다. 당신이 말하는 방식은 이야기 그 자체로 당신에게 진실하게 느껴져야 한다.

— 매트 헤이그, 『미드나잇 라이브러리』 저자

제대로 하지 말고 일단 써라. 글이 얼마나 좋은지는 나중에 걱정하라.

— 샬리 휴스, 『어느 정도 솔직한 *Pretty Honest* 』 저자

끝장을 봐라. 이 말은 앞으로 돌아가서 자신이 쓴 글을 다시 보지 말라는 의미다. 그렇지 않으면 책의 3분의 1만 완벽하게 다듬어져 있을 뿐이다. 그것 말고는 아무것도 없다. 일단 초고를 끝내고 나면 글을 좋게/더 좋게/가장 좋게 만들 시간은 차고 넘친다.

— 애덤 케이, 『조금 따끔할 겁니다』 저자

다른 사람이 우리에게 기대하는 감정과 우리가 실제로 느끼는 감정 사이에는 종종 깊고 넓은 틈이 있다. 이 세상에서 산다는 것은 진짜 감정을 숨기는 것이고, 당연히 그렇게 된다. 하지만 글쓰기에서는 기대와 현실 사이 공간이 가장 중요하다. 그곳에 머무르는 것을 두려워하지 말라. 아니, 두려워하라. 어쨌든 머물러라.

— 메리앤 레비, 『비명 지르는 것을 잊지 말라 *Don't Forget to Scream* 』 저자

글쓰기는 예술, 기교 그리고 접목으로 이루어져 있는데 접목이 대부분을 차지한다. 그것은 우리가 모두 할 수 있어서 좋다.

당신의 시간을 지켜라. 여기에는 실제로 펜이 종이(손가락이 키보드)에 닿지 않지만 글쓰기를 준비하는 시간, 글을 쓰는 동안 차를 마시면서 분위기를 잡는 시간, 글쓰기 직후 길 잃은 아이디어나 마지막으로 가감해야 할 곳이 떠오르는 시간이 포함된다. 세금을 내거나, 잃어버린 양말/여행 카드에 대한 질문에 답을 하거나, 배관공을 쫓아다닐 시간은 포함되지 않는다.

— 루시 망간, 『책벌레*Bookworm*』 저자

내가 해주고 싶은 조언은 당신이 쓰고 있는 것—때로 상황이라고 불리는 것—에서 일어나는 일과 그것을 가지고 당신이 하는 일 혹은 만들어내는 것—비비언 고닉의 용어로 '이야기'라고 하는 것—사이의 차이에 대해 많이 생각해보라는 것이다. 매우 다양한 이야기들이 상황에서 만들어질 수 있는데 여기서 서술자가 가장 관심이 있는 것은 무엇인가? 그들은 어떤 이야기를 하려고 글을 쓰는 것인가? 더 정확하게는 그들은 무엇을 발견하려고 글을 쓰고 있으며 그 발견 과정에 독자를 끌어들이는 것인가?

— 알렉산드리아 마르자노 레즈네비치, 『나는 기억하지 못합니다』 저자

글쓰기를 시작하고 몰두하기 전에 얼마나 글로 적고 싶은지 결정하라—어떤 것은 지나치게 개인적일 수 있고, 어떤 것은

당신이 아니라 다른 사람에게 해당하는 이야기일 수 있다. 당신의 책이고 당신의 성찰과 기억이므로 당신이 원하는 만큼 많이 넣어도 되고 적게 넣어도 된다. 작가로서 자신에게 진실하되, 다른 사람도 배려해야 한다.

— 케이트 모세, 『여분의 손*An Extra Pair of Hands*』 저자

자신을 즐겨라. 글쓰기 노동을 사랑하는 법을 배우면 그것을 저절로 알 수 있을 것이다. 과장하는 말이 아니다. 독자는 글에서 기쁨을 느낄 것이고, 글 주변의 여백에서도 그것을 감지할 것이다.

— 매기 오파렐, 『나는, 나는, 나는』 저자

내 경험상 가장 강력한 글쓰기는 글에 나의 취약한 부분을 최대한 드러낼 때 나오는 것 같다. 왜냐하면 그것은 독자의 취약성으로 보상되기 때문이다. 고백은 고백을 불러일으킨다. 이런 이유로 나는 다음과 같은 것을 제안한다. 자신을 너무 비난하지 않고 글을 쓸 수 있는 장소와 시간과 날짜를 찾으려고 노력한다. 나는 오전 6시에서 9시 사이에 글을 쓴다. 그때는 도시가 분주해지기 전이고, 다른 사람들이 나를 지켜보고 있다고 인식하기 전이라서 오롯이 나 자신과 내 생각뿐이다. 그러나 당신이 어디에서 어떻게 쓰든 나는 한결같이 당신을 가장 두렵

게 하는 것, 당신이 가장 숨기고 싶은 것에 대해서 쓰라고 말할 것이다. 나도 늘 성공하는 것은 아니지만 그렇게 할 때 최고의 작품이 탄생하는 것 같다.

— 무사 오콩가, 『그중 하나*One of Them*』 저자


친구와 대화하거나 이메일을 보내는 것처럼 써라. 첫 책을 쓸 때 나는 책을 쓴다는 생각에 무대 공포증이 생겼다. 나는 하늘을 묘사하는 데 2주가 걸렸는데 책을 쓰는 작가라면 으레 그렇게 하는 것이려니 생각했기 때문이다. 결국 나는 그것을 모조리 잘라냈고, 친구에게 말하듯 쓸 때 글쓰기가 가장 행복하다는 사실을 깨달았다. 나는 친구들에게 말하고 있다고 상상할 때 가장 재미있는 이야기를 끌어내고 가장 간결하게 표현한다. 내가 하고 싶은 조언—그것이 무슨 일이든—은 영리해지려고 하지 말라는 것이다. 그냥 당신답게 하면 된다.

— 메리앤 파워, 『딱 1년만, 나만 생각할게요』 저자


갈수록 도덕과 사회적 관습에 맞는 문체로 글을 쓰라는 압력이 커지고 있다. 사람들이 이미 생각하는 것, 사람들이 믿으리라 생각하는 것을 글로 쓰라는 것이다. 이는 흥미를 반감시킬 뿐 아니라 정작 그들은 두려워서 시도하지 못하는 방식으로 당신이 용기를 내길 바라는 독자들을 지루하게 할 것이다. 회고

록을 쓴다는 것은 폭풍우 속에서 자신을 돛대에 단단히 묶는 일이다. 안도감을 느끼고 무리에 소속되고 싶어 하는 사람들에게 이보다 더 숨김없이 폭로하고 자극적이며 적합하지 않은 장르는 없다. 그러나 위험을 감수하지 않으면 아무것도 드러낼 수 없다. 당신이 진정으로 하고 싶을 말을 위해 싸워야 한다.

— 릭 사마데르, 『당신을 사랑한다고 말한 적 없다 *Never Said I Loved You*』 저자


인간으로서 우리는 한 가지 중요한 설계 결함을 갖고 있다. 어떤 이유에서든 시련에 맞닥뜨렸을 때 우리는 자책하며 자신에게 가혹한 경향이 있다. 그것은 삶의 사건일 수도 있고 자신과의 문제일 수도 있는데도 우리는 자신에게 책임을 묻는다. 내가 하고 싶은 말은 연민 어린 시선으로 자신을 대하라는 것이다. 당신이 멈추지 않고 계속 가려면 때로 부드러운 연민뿐 아니라 격렬한 연민도 필요할 수 있다. 머릿속 '엉터리 위원회'는 갖다 버리고 그 자리에 사랑을 들이면 시련은 견딜 만한 일로 바뀔 것이다.

— 줄리아 새뮤얼, 『사랑하는 사람의 죽음이 내게 알려준 것들』 저자


끔찍한 공포에 맞닥뜨렸을 때 어떻게 계속 가는가? 나는 항상 모든 것에는 틈이 있고, 그 틈으로 빛이 들어올 수 있다는 생각을 떠올린다. 이런 위안은 「송가 ^Anthem 」라는 시에서 영감을

얻었다. 한번은 이 시를 쓴 레너드 코헨과 공개적인 대화를 짧게 나눈 적이 있다. 그가 그 시를 읊으려고 준비하고 있을 때였다. 그 순간의 기억과 시구가 언제, 어디서나, 어떤 상황에서든 마법 같은 힘을 발휘한다.

— 필립 샌즈, 『인간의 정의는 어떻게 탄생했는가』 저자

사람들은 온갖 다양한 이유로 회고록을 쓴다. 치유, 복수, 사랑과 슬픔 그리고 실패를 이해하기 위해 자기 삶을 글로 옮긴다. 그뿐 아니라 어려운 문제를 다루고, 넘어서는 안 되는 한계를 설정하고, 앞으로 나아가기 위해서도 회고록을 쓴다. 내게는 가족 이야기를 알아내고 그 역사를 재구성하는 일이 중요했지만, 책을 끝내고 나서 가족들이 비밀을 품는 데는 이유가 있다는 사실을 깨달았다. 모든 것을 속속들이 알게 되면 정신이 살짝 이상해질 수도 있다. 잊는 것도 중요하다. 책을 내고 몇 년 동안 회고록 쓰기에 웬만큼 이력이 났다. 그러다 보니 나의 성장과 가족사에 대해 나보다 더 잘 아는 낯선 사람들을 자주 만나게 되는데 그들의 정통한 지식에 화들짝 놀라곤 한다.

— 사스남 상계라, 『상투를 튼 소년』 저자

과거의 사진은 시간이 지남에 따라 변하지만 여전히 똑같다. 마찬가지로 나무는 당신이 왜 심었는지, 언제 심었는지, 누가

심었는지 알 때까지 그냥 나무다. 일단 당신이 알고 나면 그것은 더 이상 그냥 나무가 아니다. 나무가 상징성을 갖는 것이다. 그것은 일련의 이야기로 진실을 담고 있다. 회고록은 진실에 대한 것이다. 작가는 자신을 신뢰한다. 일단 회고록을 쓰기만 하면 그것은 가장 위대한 투쟁이자 해방이 된다. 처음에 나는 나의 회고록이 기록을 바로잡는 책인 줄 알았다. 회고록이 아무리 충격적이더라도 그것은 사랑에 대한 것이다. 회고록을 쓰고 나면 그것을 쓰는 진짜 이유를 발견할 것이다. 사람들은 회고록이 자기 인생을 모두 다룬다고 생각하는 듯하다. 회고록은 우리의 인생에서 딱 하루를 다룰 수도 있다.

— 렘 시세이, 『내 이름은 왜』 저자


당신의 이야기는 중요하다. 초고는 당신(독자)이 당신(작가)에게 쓰도록 지시해야 하는 책이다. 그 초고를 당신(독자)이 필요로 하는 곳에 갖다 두어라. 그 이후의 모든 것—편집하기, 초고 수정하기, 출간하려 시도하기—은 때가 되면 다 된다. 첫 번째 초고에서 무엇보다 중요한 것은 독자로서, 작가로서의 당신이다. 작가뿐 아니라 독자로서 자신의 본능을 믿어라.

— 니케시 슈클라, 『갈색 피부의 아기』 저자


자신의 목소리를 내보길. 진짜 같을 뿐 아니라 다른 사람처럼 보이려 하는 것보다 훨씬 더 쉬울 것이다. 내 경험상 실제 사람을 다루는 글을 쓴다면 당신이 그들의 준수한 외모, 일반적인 지능, 동물을 대하는 친절한 태도에 주목하는 한 그들에 대한 끔찍한 말을 내뱉을 수 있다.

— 니나 스티브, 『러브, 니나』 저자


 당신의 이야기는 당신 것이다. 이야기를 보복하는 수단으로 활용하지 말고, 당신도 당신 이야기를 할 권리가 있다는 것을 알아야 한다. 좋은 글은 진실을 말하거나 적어도 변형된 진실에 다가가려는 시도에서 탄생한다. 결국 모든 이야기는 해석의 여지가 있다. 우리는 모두 자신의 버전으로 '진실'인 것을 경험하기 때문이다. 솔직하게 있는 그대로 글을 쓰는 것은 당신이 이야기를 들려주기에 '적합한' 사람인지 혹은 '뛰어난' 사람인지를 묻는 내면의 비판을 잠재우는 데 도움이 된다. 이런 탐구는 당신이 글을 계속 쓰기 위해 마음 한쪽으로 치워두어야 할 수치심과 자기 회의로부터 자신을 보호한다. 당신의 작품을 구상하는 데 필요한 시간을 과소평가하지 말라. 시를 읽는 데 드는 시간은 헛되이 버리는 시간이 아니다. 글이 막히거나 잘 풀리지 않고, 기분이 가라앉거나 자신이 무얼 하고 있는지 의문이 든다면 시를 읽어라.

— 클로버 스트라우드, 『더 와일드 아더*The Wild Other*』 저자

어떤 장이나 장면은 예기치 못하게 당황스러울 수 있다. 그것이 아직 날것 그대로이고 뒤죽박죽 엉망이며 마음이 불편하더라도 모두 글로 써라. 글에서 에너지가 느껴질 것이고, 당신이 최고로 꼽는 글이 될 수 있다. 걱정은 접어두어라. 마음의 평정을 되찾고, 거리감도 회복되고, 자기 자신으로 돌아올 것이다. 글을 쓰고 나면 다 내려놓고 물러나야 하고, 용기와 통찰력을 발휘한 자신을 자랑스럽게 여겨야 한다. 나중에 글을 지워야 한다면 그때도 마찬가지로 용기를 내서 그렇게 해야 한다.

　　　　　　　　—킷 드 발, 『내 이름은 레온 *My Name Is Leon*』 저자


분노는 그것이 향하는 사람보다 그것을 품는 사람에게 더 해롭다. 분노를 완전히 없애는 것은 불가능하지만 창의적인 힘으로 바꿀 수는 있다. 부모나 보호자가 아직 살아있다면 남은 시간 동안 그들에게 친절하게 대하라. 그들의 나이가 되면 당신이 인생의 첫걸음을 내디딜 수 있도록 그들이 무엇을 주었는지 깨닫게 될 것이다.

　　　　　　—테리 웨이트, 『그럼에도 믿는다 *Taken on Trust*』 저자


회고록 쓰기는 카타르시스를 주거나, 트라우마를 안기거나, 혹은 둘 다 경험하게 한다. 모든 글쓰기가 그렇듯 회고록은 90퍼센트의 생각과 10퍼센트의 글쓰기로 이루어져 있다. 걷기가

도움이 된다.

— 크리스티 왓슨, 『돌봄의 언어』 저자

당신이 쓴 글을 큰 소리로 읽되, 자신이 아닌 것처럼 읽어라. 당신이 선호하는 억양으로 읽어라. 아니면 당신이 좋아하는 사람의 목소리를 흉내 내면서 읽어라. 바보같이 들리고, 당신도 바보 같다고 느낄 것이다. 하지만 글에서 실제 자신의 목소리로 읽을 때 느끼지 못한 새로운 것들을 발견하게 될 것이다. 가끔 다른 사람인 척할 때 자신에 대해 읽기가 더 수월해진다.

— 데이비드 화이트하우스, 『아들에 대하여About a Son』 저자

자신을 글로 쏟아내는 일이 두려운 것은 당연하다. 하지만 그 두려움을 애써 떨쳐 내거나, 겁먹는 것은 옳지 않다고 자신에게 말하기보다 두 팔 벌려 환영하라. 두렵다는 것은 느낀다는 것이고, 느낀다는 것은 살아있다는 것이다.

— 캔디스 카티-윌리엄스, 『퀴니Queenie』 저자

정말로 개인적인 것에 대해 쓸 작정이라면 수천 명의 낯선 사람과 옆집에 사는 사람이 그 글을 읽는다는 사실에 기뻐해야 한다. 글쓰기를 시작하기 전에 찬장에 티백이 담긴 상자가 있는지 확인하라. 써 내려갈 목표 단어 수 때문에 스트레스를 받지

말라. 오늘 열 단어를 쓰든 천 단어를 쓰든, 그 단어들이 당신이 표현하고자 하는 것을 정확히 전달하면 그것으로 충분하다.

— 레이너 윈, 『소금길』 저자

글을 쓰는 동안 내게 가장 중요한 시간은… 글을 쓸 때가 아니다. 예전에 내가 '책장 시간'이라 부르던 것이다—그것을 한쪽에 치워두고 먼지가 가득 쌓일 때까지 방치한 다음, 한동안 못 만난 친구를 찾아가듯 다시 만나라—당신이 좋아하는 그들의 장점이 무엇인지 떠올리고 당신을 화나게 한 그들의 약점에 미소를 짓는다. 다행히도 이 우정을 통해 당신은 그 약점을 고칠 수 있다.

— 그레그 와이스, 『그런 사람이 아니야 Not That Kind of Love』 저자

우리는 죽는다. 그것이 삶의 의미일 것이다. 하지만 우리는 언어를 사용한다. 그것이 삶의 척도일 것이다.

—토니 모리슨, 노벨문학상 수상 작가

# 감사의 글

2018년 소설에 빠져 있을 때 나는 심리치료사가 되면 더 행복할지 궁금했다. 나는 오랫동안 존경해온 출판인 캐롤 톤킨슨이 이런 일을 했다는 사실을 알고 그녀에게 조언을 구했다. 캐롤은 커피를 마시면서 내게 용기를 북돋아주었다. 그녀는 계속해서 글쓰기를 가르치는 것만으로도 내가 사회에 큰 보탬이 될 수 있다고 따뜻하게 말해주었다. 내가 소설에 얽매이지 않고 잘 헤쳐 나갈 것이며, 언젠가 글쓰기에 대한 책을 쓰고 싶어질 거라고도 말했다.

그녀가 말한 것이 모두 이루어졌다. 나는 글감을 얻는 것부터 글쓰기라는 즐거운 과정을 경험하고 이 책을 아름다운 물건으로 만드는 단계까지 그 모든 것에 대해 캐롤에게 깊이 감사한다. 또한 호클리 레이븐 스페어, 자이나브 다우드, 케이티 덴트, 클레어 갓첸, 케이트 베렌스 그리고 블루버드의 모든 사람, 근사한 표지 디자인과 삽화를 그려준 멜 포를 비롯해 조디 멀리시, 사이안 가디너, 제스 더피, 엠마 피니건, 크리스천 루이스, 사라 배드한, 린제이 내쉬에게 고마움을 전한다. 팬맥밀런 팀의 일일이 다 열거할 수 없는 수많은 사람이 이 책을 만드는 과정에 참여했다. 커뮤니케이션, 계약, 유통, 운영, 생산, 판매 분야에서 일하는 모든 사람 덕분에 이 책이 한낱 아이디어에서 독자가 스스로 작가가 되도록 격려해주는 지침서로 탈바꿈하게 되었다.

글쓰기와 편집에 대해 내가 아는 것의 상당 부분은 이전에 출간된 네 권의 책을 편집한 프란체스카 메인과 처음부터 지금까지 줄곧 나와 함께해온 에이전트 조 언윈에게 배웠다. 감사한 마음과 내 모든 사랑을 그들에게 전한다. 이 책에서 실수가 발견된다면 그것은 모두 내게 책임이 있다.

글쓰기는 외롭고 오랜 시간이 걸리는 일이다. 내가 가르치는 일을 좋아하는 이유 중 하나는 동료가 있다는 느낌 때문이다. 헬렌 멜러와 아르본 사람들, 안나 데이비스와 커티스브라운크리에이티브 사람들 그리고 말을 퍼뜨리다Spread the Word, 노리치 새로운 글쓰기New Writing Norwich, 북부 새로운 글쓰기New Writing North, 팰머스대학 모든 사람에게 감사한다. 동료 교수와 함께 일하는 조력자 콜린 그랜트, 마리나 벤저민, 킷 드 발, 니나 스티브, 케이트 딤블비, 와일 멘뮤어, 줄리아 새뮤얼, 클레어 드 부르삭, 자닌 조반니에게도 깊이 감사한다. 부록에서 다정한 글쓰기 조언을 들려준 돌리 앨더튼, 샘 베이커, 메그-존 바커,

칸티 바커, 데이미언 바, 마리나 벤저민, 데이지 뷰캐넌, 캐서린 조, 엘리자베스 데이, 콜린 그랜트, 비브 그로스콥, 매트 헤이그, 살리 휴스, 애덤 케이, 메리앤 레비, 루시 망간, 알렉산드리아 마르자노 레즈네비치, 케이트 모세, 매기 오파렐, 무사 오콩가, 메리앤 파워, 릭 사마데르, 줄리아 새뮤얼, 필립 샌즈, 사스남 상게라, 렘 시세이, 니케시 슈클라, 니나 스티브, 클로버 스트라우드, 킷 드 발, 테리 웨이트, 크리스티 왓슨, 데이비드 화이트하우스, 캔디스 카티-윌리엄스, 레이너 윈, 그레그 와이스에게 특별히 고마운 마음을 보낸다.

수업을 시작하자마자 내게 다 쏟아내야 한다고 말하며 격려해준 학생들도 너무 고맙다. 당신들을 생각하는 것만으로도 나는 진정으로 즐겁고 얼굴이 환해진다. 나의 첫 클라이언트 에스더 코너, 켈소와 케슬 바턴에서 강의를 녹음할 때 함께해준 모든 사람에게 특별한 고마움을 전한다. 당신들의 목소리를 다시 들을 수 있어 기뻤다. 산자 오클리, 로베르타 보이스, 미아 코와다, 크리스틴 에클런드, 조 도슨, 소피 커캄, 존과 리지 워터하우스, 사라 웨이드, 크리스털 메이 모건, 인발 브리크너-브라운, 로스 트라이-하네, 캣 브라운, 제니 나이트, 줄리 노블에게 큰 사랑과 감사를 전한다.

집에서는 나의 부모님 케빈과 마가릿 민턴이 나의 이모 마리온 보이어와 함께 무수히 많은 방법으로 나를 지지해주고 돌보아준다. 물심양면으로 도와준 그레이스 알렉산더, 내가 책을 마무리할 수 있게 힘을 보태준 윌 루이스와 소피 시마크에 감사한다. 마지막으로 일상의 기쁨과 슬픔을 함께 나누고, 책에 그들의 이야기를 담아도 좋다고 허락해준 남편 어윈과 아들 맷에게 고마운 마음을 전한다. 맷은 내가 이 책을 우리 집 애완견들에게 바쳐야 한다고 생각한다. 나는 거절했지만 그들의 이름도 여기에 올리기로 했다. 리피치프, 아라벨라, 스티치, 정서적으로 든든하게 지원해주어서 고맙다. 너희들이 없었다면 나는 해내지 못했을 것이다.

# 내가 글이 된다면
## 닫힌 글문을 여는 도구를 찾아서

1판 1쇄 펴냄 2022년 8월 5일

지은이 캐시 렌첸브링크
옮긴이 박은진

펴낸이 송상미
편집 박혜영
디자인 송윤형
종이 월드페이퍼㈜
인쇄·제본 정민문화사

펴낸곳 머스트리드북
출판등록 2019년 10월 7일 제2019-000272호
주소 서울시 마포구 월드컵북로 400, 5층 11호(상암동, 서울산업진흥원)
전화 070-8830-9821
팩스 070-4275-0359
메일 mustreadbooks@naver.com

ISBN 979-11-976934-4-1 03800